DU MÊME AUTEUR

53 CM, roman, Serpent à Plumes, 1999

LES TACHES D'ENCRE, roman, Serpent à Plumes, 2000, Prix Felix-Fénéon

DEUX BÉBÉS ET L'ADDITION, roman, Serpent à Plumes, 2002

COURANT D'AIR AUX GALERIES, nouvelle, Eden Productions, 2003

PETROLEUM, roman, Denoël, 2004

LE CRU ET LE CUIT, nouvelle, Vent d'ailleurs, 2006

BIONIC WOMAN, nouvelle, Tropiques, 2006

CONTINENTS NOIRS

Collection dirigée par Jean-Noël Schifano

L'Afrique — qui fit — refit — et qui fera.

Michel Leiris

Elle a dû être jolie, Rose. Elle était peut-être mignonne. Aujourd'hui, c'est une fleur en bouton flétri, au bout d'une tige épineuse.

Assise en face de vous, elle corrige ses copies. Elle n'a pas connu de printemps, Rose. Vous ne connaîtrez pas d'hiver.

Elle a peut-être trente ans, Rose, prématurément fanée par ses heures supplémentaires, abîmée par la jeunesse puante étalée sans pudeur sur son petit bureau. À son âge, vous vous faniez déjà, abîmée par le joli vernis de votre mariage. Vous avez cru connaître une seconde floraison, avec votre amant.

Benoît. Vous ne l'avez fréquenté que deux mois.

Il était chirurgien esthétique. Mais il n'y avait pas, c'est vrai, de quoi pavoiser. À l'époque pourtant, vous en faites tout un plat : c'est votre deuxième homme. Vous aurez eu deux hommes dans votre vie, vous qui vous étiez vouée au prince charmant. Un prince unique et du meilleur sang. Vous étiez une romantique. Vous vous croyiez promise à un destin d'exception. Il vous a fallu passer de l'autre côté de la quarantaine pour comprendre que vous n'étiez l'objet d'aucune élection. Et que votre vieille robe de princesse flouée sentait la naphtaline.

Vous ne l'avez pas laissée aux mites.

En son temps, vous la portez pour votre chirurgien tous les jeudis après-midi. Petite culotte prohibée bien sûr.

Le sexe de Benoît, donc. Rien de pénétrant.

Mais enfin ce sont des moments doux, sans sucre mais avec édulcorant, et parfois ils se corsent, mais sans trop de sel quand même, ni d'épices surtout, car il n'aime pas le poivre et vous supportez mal le piment.

Votre mari soutient la comparaison : dans un lit, ils se valent.

Même si Tijani, votre mari, ne vous a jamais proposé une réduction de vos grandes lèvres, trop hottentotes, paraît-il. Sinon, leurs sexes sont égaux devant vous. Vous nivelez par le bas. Ainsi, vous restez fidèle à Tijani. Du moins vous honorez la mémoire de votre mariage raté. Par respect pour lui, jouir point trop n'en faut.

Dans les bras tièdes de Benoît, vous avez l'intuition de plaisirs plus aboutis. D'autres hommes vous y élèveraient sans doute. Mais alors, il faudrait jauger Benoît et Tijani à leurs vraies valeurs. Vous qui vous êtes échinée à les hisser sur un piédestal, vous ne voulez pas qu'ils vacillent. Ils sont votre chef-d'œuvre. Que personne n'aille dire que votre art est médiocre.

Benoît. Il était si fade. C'était si facile. Vous soigniez votre liaison, clandestine car il était encore marié. Pas de préservatifs entre vous car évidemment non, rien ne pouvait vous atteindre. Benoît, votre amant secret, éjaculateur précoce, mais cajoleur. Pas le moindre signe de déficience immunitaire acquise.

Vous vous appelez Claire, comme de l'eau de roche, et vous voyez trouble comme dans un nuage de fumée. Ça n'aurait jamais dû vous arriver.

Mais un matin, vous vous réveillez fébrile. Le médecin diagnostique un refroidissement. La fièvre persiste trop longtemps. Et voilà qu'il décèle autre chose.

Il prend des gants pour vous interroger.

— As-tu fait une transfusion sanguine dernièrement ?

Jamais de la vie. Vous le jurez devant Dieu. D'ailleurs vous ne supportez pas la vue du sang, il devrait le savoir, c'est votre médecin de famille.

Ses yeux globuleux n'osent plus vous regarder. Ils ne vous reconnaissent pas. Ils roulent dans leurs orbites symétriques. Et vous, vous écoutez votre sang de paria battre dans vos artères.

— Nous le savons tous, vous confie-t-il sous le sceau du secret, personne n'est à l'abri de cette maladie qui contient toutes les autres mais...

Mais il vous a connue petite fille, et n'envisageait pas ça pour vous. Vous vous êtes connue petite fille, vous aussi, et vous n'y croyez pas plus que lui. Vous êtes Claire, comme de l'eau de roche, une eau de roche qui n'y voit rien, qui entre dans un nuage de fumée. À la rencontre du nuage, l'eau se change en buée, qui vous pique les yeux, la buée se fait bruine, petite pluie trop fine pour couler vraiment.

Le médecin déverse son flot de paroles. Vous n'écoutez pas. Vos ventricules palpitent, votre aorte explose. Votre respiration s'emballe comme une jument qui galope vers le dernier soupir. Mais pas de vraies larmes, pas de vagues, pas d'écume, point de remous.

Vous cherchez l'erreur et vous ne la trouvez pas : bien née, vous n'êtes pas pauvre, vous n'auriez pas dû être malade. Vous, vous n'avez jamais couché qu'avec votre mari. Enfin, presque. Votre divorce est un incident de parcours bien rattrapé : vous ne baisez plus, vous êtes encore ravagée par la rupture, vous expiez. C'est ce qu'ils croient savoir. C'est votre vérité. Propagande que vous entretenez, avec votre mère qui étale vos gentillesses sur ses tartines. Elle raconte partout que vous, sa fille chérie, vous hébergez gratuitement une veuve africaine et ses deux enfants dans votre petit appartement.

C'est vrai. Vous êtes bonne, le mal ne vous connaît pas, vous ne connaissez pas la maladie, le docteur le sait, il vous connaît, il sait que vous êtes bonne, que vous osez à peine espérer un prochain époux, que vous en aurez, de la chance, si vous trouvez quelqu'un qui veut bien de vous, de vos quarante-deux ans, de votre enfant.

C'est ce qu'ils croient voir. C'est la moitié de la vérité. À leurs yeux, vous avez le profil d'une victime expiatoire. À vos yeux, vous n'avez pas celui d'une pécheresse sidéenne. Vous détestez la pêche, la peau des pêches vous laisse une sale impression sur les dents, vous préférez les nectarines.

Le docteur, pourtant, baragouine encore.

— Faisons un test de confirmation, Claire.

Vous avez dans la tête l'écho d'un marteau qui cogne sur une enclume, vous êtes l'enclume, il est le marteau. Il vous propose encore ce test de confirmation. Vous le priez de parler moins fort, trop de bruit dans vos oreilles, votre cœur réclame une nouvelle oreillette, raz de marée dans votre oreille interne, le sang bat contre votre tympan.

Sac et ressac.

Perte d'équilibre.

Vous regardez vos pieds.

Quelle est votre faute après tout? Vous êtes victime de votre condition et de vos conditionnements. Comme tout le monde. Et le sida voudrait vous endoctriner? Son virus voudrait vous embobiner?

Le docteur insiste pour le test de confirmation. Vous ne l'écoutez plus. Vous entendez le murmure lointain d'une bile torrentielle. Elle coule dans votre estomac. Elle soulève votre cœur. À nouveau, vous priez le docteur de parler moins fort. Car il vous donne la nausée.

— Claire, il faudra bien faire ce...

Pourquoi faire? finissez-vous par lui cracher à la figure. Et vous partez.

Vous vous jurez de ne plus lui parler, vous avez trop honte. Il se jure de ne pas en parler à votre mère, il a trop honte, elle serait dévastée, de honte.

Les jours passent.

La bile toujours, squatte votre estomac. Vous ne répondez pas aux messages préoccupés de votre mère. Un ami, dont vous préférez taire l'identité, plaque gentiment votre boîte vocale.

Les semaines passent.

Vous commencez une nouvelle vie, vous achetez un nouveau sac à main, vous changez d'esthéticienne, elle est gentille, vous prenez rendez-vous avec un nouveau médecin, il est très beau. Deux mois sont passés, des rides sont venues, mais le virus est parti, les pluies ont cessé, le sang s'est apaisé, ils ont compris leur erreur, retour à l'envoyeur, n'est-ce pas docteur Tokuda ?

— Votre test de confirmation est positif, Claire.

C'est clair, comme de l'eau de roche. Vous distinguez clairement ce couperet qui plonge sur votre tête. Cette lame est si obscure, mais vous êtes innocente. Pourquoi la guillotine ? Vous n'avez rien fait ! Pourquoi veulent-ils vous couper la tête ! Vos épaules la portent si bien. Le virus n'est pas parti ? Le docteur hoche la tête comme une poupée nippone qui dit nô, nô, nô, et encore non. Les larmes montent. Trop de pluies. Les eaux coulent par votre nez. Vous épongez votre mucus chagrin avec le dos de votre main. Que leur faut-il ? Des aveux ? Vous avouez. Eh bien oui ! Vous avez couché avec quelqu'un après votre divorce ! Mais vous avez attendu six mois, il n'y en a eu qu'un, vous n'êtes pas une putain, et puis Benoît était quelqu'un de très bien, enfin il semblait propre, c'était une verge branlante, comme votre ex-mari, vous n'avez pas assez joui pour attraper le sida, vous avez assez souffert comme ça. Oui vous avez mal fait. Non, vous n'auriez pas dû. Faute avouée à demi pardonnée alors que le virus de la honte vous épargne.

Le regard du docteur Tokuda s'adoucit, mais son ton se durcit.

— Votre primo-infection s'est prolongée sur plusieurs semaines. Il est possible, Claire, mais pas certain, que vous développiez la maladie plus tôt.

Impossible. Vous n'avez jamais fumé, vous n'avez jamais bu, vous avez si peu... baisé. Il est donc impossible que vous développiez la moindre maladie. Ses échéances ne vous concernent pas. Vous ne le laisserez pas vous ceinturer dans un cordon sanitaire. On ne vous mettra pas en quarantaine. D'autant que vous n'avez plus quarante ans depuis deux ans déjà. Il vous assomme.

— Il serait possible qu'un traitement précoce améliore la réponse immunitaire de votre organisme, Claire. Des examens complémentaires sont nécessaires.

Il vous observe, vous le regardez, c'est évident : il pue le tabac, mauvaise vie, sa vie est mauvaise, lui méritait le sida, pas vous. Vous précisez à nouveau, pour qu'il comprenne bien, que vous, vous n'avez jamais fumé, ni bu, à peine... baisé. Vous ajoutez que vous, vous hébergez une veuve africaine et ses deux enfants de pères différents. Vous, vous luttez contre les inondations du monde entier. Vous, vous avez envoyé de l'argent en Martinique, du riz en Somalie, des couvertures en Louisiane. Vous, vous êtes farouchement opposée à l'excision et à la polygamie. Et lui, il dissèque votre sexualité.

— En avez-vous parlé à vos partenaires sexuels, Claire ?

Sexuels... Sexuels ! Pour qui vous prend-il ? Il n'y a eu que Benoît après votre mari !

Il hoche la tête encore, à la manière de ces poupées russes ou nippones. Vos yeux prennent l'eau. Des eaux si généreuses que la rivière déborde de son lit. Un lit comme celui que vous avez partagé avec les deux hommes de votre vie. Dans ce lit-là, les deux hommes de votre vie se valaient. Comment, demandez-vous au docteur asiatique, quelque chose de différent aurait pu jaillir des testicules de Benoît ? Comment avez-vous pu en arriver là ?

Il n'en sait rien.

Vous pleurez sur son épaule déjà humide. Vous avez divorcé depuis un an ! Rien de pire n'aurait dû vous arriver !

Reflux. Il vous offre un mouchoir rose qui sent bon la violette. Vos paupières épongées, vous y voyez beaucoup plus clair : vous exigez un nouveau test. Du passé faisons table rase, qu'un nouveau test fasse éclater la vérité, vous serez lavée de tout soupçon.

— Un troisième test ? s'étonne-t-il. Croyez-vous que ce soit nécessaire ?

Oui, ça l'est ! Sa maladie s'est trompée d'adresse ! Elle finira par s'en aller !

Vous vous appelez Claire, comme de l'eau de roche.

Ça n'aurait jamais dû vous arriver.

Deux fois par siècle, vos aïeux changent de couverture et vos aïeules de vernis. Ils sourient à toutes les révolutions. Mais aucun souffle n'ébranle jamais votre arbre généalogique. Pas le début d'un frémissement dans la plus petite branche. Votre famille perpétue ses traditions, se transmettant, de génération en génération, un balai, un tapis, la poussière de ses dénis.

Vos parents sont parfaits. Leurs placards, dorés. Une odeur de cuir neuf, de lavande fraîche et de vieux secrets desséchés : pourvu que rien ne change, jamais.

— Sale temps pour naître, aurait dit votre père à votre arrivée.

Les nuages volent en rangs serrés comme des oiseaux de mauvais augure. Nuages sombres sous un ciel foncé. Jour de brume. Neige sale. Ils vous appellent Claire. Claire, prénom net et pur, limpide comme un alibi. Le ciel noir peut en témoigner : votre père est méchant.

Mme Bauer, votre mère. Taille moyenne, corpulence moyenne, intelligence moyenne. Née Cordonnier, fille de lingère et de tapissier. Pousse dans une bulle de savon, rêve au prince charmant. Épouse votre père en 1961. Elle était vierge, malgré quelques intrusions, répétées mais discrètes, de son père dans son intimité d'enfant.

Jacques Bauer, son mari. Homonyme d'un héros de série télévisée. M. Bauer, donc, votre père, hélas. Taille moyenne, corpulence moyenne, intelligence moyenne. Ingénieur passionné de béton armé.

— Sale temps pour naître, dit votre père à l'heure de votre arrivée.

Vous vous appelez Claire mais vous êtes sa Violaine, le viol et la haine. Libertin avec vous, il n'en esquive pas moins les pavés de mai 68. Il prend pourtant la carte du Parti communiste. On ne sait jamais. Pendant qu'il sauve les meubles, votre mère balaye sous le tapis. Ils attendent douze ans pour que naisse leur unique garçon. Vous étiez le brouillon d'Alexandre, il sera votre poupée.

Mme Bauer se consacre à l'éducation de ses enfants. Sourde préférence pour le petit dernier. Elle sera déçue. Mme Bauer se consacre à l'ascension de son mari. Mme Bauer soigne son capital. Elle s'ennuie. Malgré ses petites économies, elle n'a pas les moyens des bonnes œuvres. Alors, elle fait du bénévolat. Ses dévouements multiples lui valent tous les éloges. Miroir, miroir, dis-lui qu'elle est la plus belle. La plus belle sûrement pas. Mais la plus dévouée, tout le monde le croit.

Jamais un mot plus haut que l'autre. Du moins devant les enfants. Du moins devant les inconnus. Seul votre père a la primeur de sa vraie nature : votre mère est un fruit avarié. Il l'a cueillie trop tôt mais elle était déjà pourrie. Et lui putréfié. Ils ne se tiennent aucune rigueur de leurs putréfactions respectives : elles sont réciproques. Il lui pardonne tout, couvre la moindre de ses vacheries. Elle lui reproche tout, couvre les plus ignobles de ses saloperies. Et surtout son libertinage, avec vous. D'ailleurs, une ou deux fois par mois, on les entend jouir. Votre père ne jouit pas sans penser à sa secrétaire. Votre mère ne jouit pas sans la jalouser. La haine cimente leur couple jusqu'à ce que mort s'ensuive. Papa succombe à trente ans de mariage.

Maman, soulagée d'enfouir papa avec tous leurs secrets. Plus personne ne pourra les accuser. Presque plus personne. Car le jour de l'enterrement, surgit le bâtard de votre père. Votre mère, humiliée. Votre mère, outragée. Pourquoi n'avoir pas sévi plus tôt, quand papa lui avouait l'existence de ce ferment d'infamie. Il aurait fallu emmurer cet enfant vivant, dans du béton armé. Mais le silence a prévalu. Pourvu, espéraient-ils, que ce bâtard reste muet, comme un fruit défendu. Le bâtard mesquin crache sur la tombe de son vénérable père. Mais pour le reste, personne ne pourra les accuser. Surtout pas vous. Vous, vous vous taisez.

Mais votre frère ne se cache plus.

Alexandre ne se contente pas de révéler au monde entier son homosexualité. Alexandre est une folle. Une folle furieuse. Une folle prosélyte exhibant ses capotes. Si folle, si furieuse, si prosélyte, qu'il vous méprise, vous sa sœur aînée, femelle coupable de propager l'hétérosexualité. Et puis comment avez-vous pu vous abaisser à vous marier? Vous le décevez. Il n'aime pas votre mari : Tijani fait un Arabe trop peu folklorique.

Il peut bien folâtrer, le bel Alexandre, il est bien le fils de son père, va. Son homosexualité vaut les couvertures de vos aïeux et les vernis de vos grands-mères. Maman ne voit pas comme il leur ressemble. Maman s'imagine que vous êtes son double. C'est peut-être parce que, des années durant, vous avez partagé le même homme.

Votre virginité trop vite envolée ne vous a pas empêchée de tomber amoureuse. De Tijani. Coup de foudre ferroviaire sur le Paris-Milan. Vous avez vingt ans, comme Tijani qui vous enfante dans un wagon-couchette. Ses seins suintent de lait paternel. Vous aimez ce gamin avec l'aveuglement d'un nouveau-né.

Mille et une nuits plus loin, votre vue s'améliore. Vous cernez mieux les contours de Tijani, vous distinguez ses couleurs, vous commencez à l'apercevoir, vous le voyez enfin : c'est un fruit vert qui ne mûrira pas, vous l'avez cueilli trop tôt.

Vous avez vingt-trois ans, vous êtes sevrée de son lait, vous voudriez grandir.

Mais les silences résignés de votre mère vous ont modelée à son image. On investit dans un homme comme on achète la pierre. Quoi qu'il en coûte le placement est bon parce que c'est un placement. Alors, vous soignez votre capital.

Dix ans passent où votre cœur palpite d'un amour sans palpitations. La source est tarie, mais vous finissez par vous marier. Et Thomas naît avant que sonne la quarantaine.

Vous ne travaillez plus, il travaille de plus en plus, vous oubliez que vous ne vous aimez plus, il s'habitue. Vous trouvez des compensations, vous négociez des compromis, vous balayez sous le tapis, lui aussi. Vous perdez votre temps, comme si vous aviez la vie devant vous, comme s'il y en avait une derrière. La vie, vous ne l'avez ni devant, ni derrière, ni maintenant, ni après. À l'époque, vous croyez être quelqu'un mais, déjà, vous n'êtes plus personne. Des parfums coûteux trompent le nez de celui qui ne vous renifle plus. Sous la fragrance savante, pas d'odeurs, ni de relents. Vos lèvres fardées cachent une bouche insipide qu'il n'embrasse que pour en manger le rouge. Dans la rue, vous croisez ces femmes que les poudres magnifient. De vraies splendeurs qui dégagent d'authentiques rayonnements. Vous n'êtes plus un soleil. Le fard ne ranime pas ce que l'ennui a éteint.

Un jour, le ciel vous tombe sur la tête, après la rosée du matin. Tijani vous quitte. On ne quitte pas celle qui a porté sa descendance ; on ne quitte pas celle qui la porte à nouveau. Il part quand même. Pour une autre. Votre deuxième enfant meurt, in utero. C'était une fille, vous l'auriez appelée Colombe, Fleur ou peut-être Framboise. Sa maîtresse se lasse de lui. C'était une Salope, elle s'appelait Salope, Salope, ou peut-être Salope. Elle mérite toutes les maladies, vous lui souhaitez toutes les misères, que des fatwas soient prononcées contre cette vermine.

Il ne revient pas, mais vous gardez bon espoir car il n'est pas vraiment parti : ses affaires moisissent dans le placard, à côté de vos secrets, d'un bouquet de lavande fraîche et d'une paire de souliers neufs. La porte est ouverte, vous ne voulez pas la fermer. Le démon de midi questionne son existence, mais il finira par revenir.

Le temps qui passe est une calamité. Revenir, c'est rembobiner.

Il ne rembobine pas, il rêve, à sa jeunesse manquée. Il court après une enfance sauvage, il fuit la vie domestique que vous auriez tissée autour de lui. Vous seriez une araignée qui lui a scié les jambes. Soit. Mais sans jambes, il ne peut plus courir. Qu'il rentre donc à la maison, son fils a besoin de lui, vous avez perdu sa fille à cause de lui. La sauvagerie de l'enfance ? Au-dessus de ses forces, qu'il y renonce. L'amour n'est plus à votre portée, le bonheur non plus, il doit revenir.

Il revient. Vous le saviez. Vous l'avez toujours su. Il n'attend rien, lui non plus. Il se réfugie dans le dégoût de votre vie, se complaît à ne plus vous aimer. Vous entretenez sa misogynie. Votre couple s'accroche à ses branches pourries mais qu'importe, si tout le monde veut bien croire que votre amour est vert et que vous êtes bien portants. Les apparences sont sauves et vous vous en contentez. Comme votre mère, vous récoltez les éloges que vous avez semés : quel courage vous avez eu vraiment, à notre époque, attendre un homme et lui pardonner, alors que le divorce, c'est si facile n'est-ce pas ? Vous y croiriez presque, tant les unes et les autres vous rebattent les oreilles de leurs congratulations. Elles ont si peur d'être plaquées.

Miroir, miroir, dis-moi que je suis la plus belle.

On dit des femmes qu'elles portent tous les courages. Mais chaque soir et chaque matin, votre miroir vous dit *Tu es lâche comme un homme, sinon plus.* Vous changez de miroir. Vous êtes la plus belle, votre nouveau miroir daigne y consentir. Vous êtes la plus courageuse, vous vous sacrifiez, pour votre fils et pour votre mari. Tijani ne jouit pas sans penser à une autre, vous ne jouissez pas sans la jalouser. Votre lit déborde de rivales fictives ou avérées, porno stars, secrétaires, infirmières et surtout la Salope qui s'est lassée de lui, même si vous voulez croire qu'il l'a abandonnée.

Vous avez gagné, votre époux est rentré à la maison, il est revenu à la raison. Vous vous soumettez à votre victoire, comme à toutes les soumissions, c'est le premier de vos engagements, celui que vous honorez le mieux, la promesse originelle, votre parole donnée, malgré vous, mais enfin, vous l'avez donnée, donner c'est donner, reprendre c'est voler et vous ne mangez pas de ce pain-là, vous préférez le pain sec et l'eau tiède.

Vous vous étiez promise à un bonheur inaltérable, édulcoré comme un conte de fées, vous vous y tenez. Le pain est rassis et l'eau tiède, mais vous jurez par tous les dieux que vraiment, c'est réellement délicieux, comme on vous voit là, eh bien qu'on vous regarde bien, vous, vous avez réussi votre vie, avec mention, sans jamais redoubler, vous êtes une excellente élève, votre bulletin de notes en témoigne, mais vous ne le criez pas sur les toits, vous avez le triomphe modeste.

Jusqu'à ce matin-là.

Ce matin-là, les astres sont retirés dans leurs appartements. Vous êtes assise sur un tabouret dans le hall d'entrée. La mère de Tijani vous parle au téléphone. Vous ne l'écoutez pas, bien qu'elle vous appelle de Casablanca. Un long miroir accroché à la paroi vous renvoie le reflet d'une paire de jambes. De jolies jambes. Vos jambes. Vos jambes vous hypnotisent.

Vos jambes vous parlent. Nous ne voulons plus de ses lèvres tièdes. Nous rêvons des hommes que tu n'as pas connus. Vos jambes veulent divorcer. Elles divorcent. Sans vos jambes, vous n'auriez jamais osé.

Vous qui croyiez connaître Tijani, vous le découvrez enfin, car on ne connaît quelqu'un qu'après l'avoir combattu. Vous gagnez la bataille, mais il vous fait la guerre. Il ne paye pas la pension, il néglige Tom, il baise à tout va. Vous cherchez du travail. Il baise à tout va. Vous cherchez du travail encore et on vous accable de reproches : Vous n'êtes plus toute jeune madame, et vous avez peu d'expérience. Peu d'expérience ? Vous êtes Professeur de Lettres... Est-ce votre faute si... vous vous êtes consacrée à votre mari, quelle folie. Et il faut entendre votre mère : Ma pauvre fille, tu n'aurais jamais dû divorcer, on ne quitte pas l'homme qui vous nourrit, renoue avec lui. Non, vous auriez dû le quitter plus tôt, vous frotter un peu à l'existence... Vingt ans de mariage... c'est incurable. Ma fille, ne compte pas sur moi ; c'est pas avec ma petite pension de veuve que je vais vous entretenir ton fils et toi.

Vous payez le prix du changement. Exorbitant. Et personne pour vous faire crédit. Vous perdez la plupart de vos amis, vous êtes mise en quarantaine, le divorce est une maladie possiblement contagieuse, surtout vers quarante ans. Les masques tombent, plus de fards, plus de mensonges, quelques faux sourires. Car le changement est tabou chez les modernes. Ils professent l'égalité des sexes et prétendent défier les traditions. Mais regardez bien, sous leurs mini-jupes vous trouverez des burkas. Et jamais, non jamais vous ne trouverez un poil de cul dans leurs baignoires.

Vous ne pouvez pas en vouloir à Tijani. Vous l'avez fait loque. Et sa mère avant vous. Vous étiez sa femme au foyer. Il était votre esclave. Un jour, il perd son boulot. Le lendemain, il perd pied, la nuit d'après, il perd la boule. Sa liberté le tue. Hôpital psychiatrique. Il s'amourache d'une infirmière. Elle le soigne encore.

Et vous rencontrez Juliette.

Elle traverse le Pont-Neuf et voit votre tête ballotter sans conviction vers la Seine qui ne vous attend pas. Elle s'accroche à votre cheville et vous ramène à la vie. Tout juste échappée d'un squat mal fréquenté, elle n'a nulle part où aller. Elle est veuve. Vous lui offrez, ainsi qu'à ses deux enfants, votre hospitalité.

Et Tijani jette vos cendres par-dessus bord.

Votre suicide raté et son largage réussi, les fantômes du passé brisent leurs chaînes et cessent de vous hanter. Ils trouvent le repos éternel. L'armistice est signé, la paix retrouvée.

Un chirurgien esthétique vous offre une paire de seins. Il devient votre amant. Désintoxique votre vieux sexe accoutumé à l'indifférence. Sa queue de mari mal baisé vous rassure. Vos entrailles maternelles le réconfortent. Car une mère, ça ne fricote pas avec les morpions. Et lui ne fricote qu'avec ses patientes. La batterie des tests sanguins qui précèdent ses interventions lui assure ses immunités. Il vous a testée avant de vous opérer. Vous étiez négative.

Rien ne vous prédestinait au sida. Il ne fait pas partie de vos coutumes.

DÉMON FEMELLE

Vous voudriez bouffer Juliette.

La veuve noire est en retard à votre rendez-vous au lycée. Pourtant, elle donne aujourd'hui son premier atelier d'écriture. À vos élèves. Vous vous lavez les mains dans les toilettes, en l'attendant. L'eau vous purifie.

Juliette, ses mains lui servent à écrire des romans. Vous ne pouvez pas le confirmer, vous ne l'avez jamais lue. Vous l'hébergez, c'est déjà ça. Pour autant que vous sachiez, ses mains sont propres. Quant aux vôtres, vous ne sauriez dire ce qui les salit, mais vous pourriez jurer qu'elles sont dégoûtantes. Vous vous lavez les mains, vous attendez Juliette, attendre, vous avez l'habitude, c'est l'histoire de votre vie, vous expiez, vous en chiez.

Soudain, la porte des toilettes s'ouvre avec fracas. Juliette, évidemment. Elle s'indigne de votre sale gueule.

— Fais pas cette tête Claire, je suis un peu à la bourre mais c'est pas ma faute, on s'est perdues dans le métro.

Une heure et demie de retard. Ça n'est pas grave, lui dites-vous, vous avez tout votre temps. Une cigarette sans filtre se consume entre ses lèvres. Ses deux filles l'accompagnent.

— Pourquoi tu te laves les mains, Claire ? Elles reluisent tes mains !

Vous protestez : qui a dit que vos mains étaient sales ? Vous continuez à les laver, priant Juliette de les laisser tranquilles.

Un néon blafard éclaire une grosse veine qui fait saillie sous la peau de votre bras. Une veine bleue. Dilatée. Gonflée de sang. Hideuse. Les veines de Juliette, elles, ne saillent pas. Pourtant, qu'est-ce qu'elle fume… Vous la priez d'enlever cette cigarette de sa bouche. On ne fume pas au lycée. C'est mauvais pour la santé.

Elle crache une volute vers le plafond.

— Faut bien mourir de quelque chose, Claire.

Mourir ? répliquez-vous. Première nouvelle. Et depuis quand ?

Elle vous regarde sans comprendre.

— Qu'est-ce que tu as, Claire ? Je pue de la gueule ou quoi ?

Vous vous excusez. Vous quittez les toilettes.

En salle des profs, Juliette ne lâche pas son bout de tabac. Jamais la moindre concession. Vous, vous lui trouvez cet atelier d'écriture, elle, elle pose un lapin à votre proviseur. Une heure et demie de retard. Vous le lui rappelez : étant donné son retard, son rendez-vous avec le proviseur est annulé.

— Évidemment, rétorque-t-elle, je peux partir, alors.

Non, elle ne peut pas. Le proviseur repassera dans une heure.

— Évidemment, j'ai le temps de finir ma cigarette, alors.

Non, elle n'a pas le temps. Vous savez bien que votre proviseur débarque de Rio de Janeiro mais ce n'est pas une raison pour se montrer irrespectueuse.

— Évidemment, Claire.

Elle regarde ses deux filles, en adoration. Un sourire irrésistible se dessine sur sa jolie bouche, une pulpe riche et violacée, réfractaire au rouge à lèvres.

Pourquoi, lui demandez-vous, est-elle venue avec ses

filles ? Ça ne pose aucun problème, bien sûr. Mais quand même, vous aimeriez savoir d'où lui vient cette idée.

— Je n'ai pas pu faire autrement : la garderie est fermée et la piscine scolaire déconseillée aux épileptiques ; quiconque s'évanouit dans un liquide se noie. Tu sais bien que Yukiko est épileptique.

Oui, vous savez. Tout le monde le sait. Tout le monde a ses problèmes. Elle aurait pu laisser les filles à la maison, non ?

— Yukiko m'aurait réclamé des honoraires de baby-sitting pour sa petite sœur.

Yukiko ajuste son bracelet planté de pointes métalliques. Son pantalon à chaînes traîne sur la moquette, comme une serpillière. Un trait de crayon noir bave autour de ses yeux. Elle n'a que treize ans. Et sa mère, déjà trente-cinq.

Laetitia retire une vieille tétine de sa bouche pour embrasser le dos de votre main. Les yeux de Laetitia. Ils sont si bleus, sa mère est si brune, son père ne l'était pas moins.

Yukiko entraîne sa petite sœur vers une table où est assise Rose, l'épineuse Professeur de Philosophie. Les filles s'asseyent à ses côtés, elle les considère d'un œil naturellement mauvais. Laetitia la regarde méchamment, tétant bruyamment son bout de caoutchouc. Juliette vous suit jusqu'à la photocopieuse. Enfin, elle jette sa cigarette dans la poubelle, avant d'exiger.

— Tu m'offres un café, Claire ?

La machine à café est en panne, cinglez-vous.

De vieux gobelets de plastique s'amoncellent dans la poubelle. Il s'en dégage comme une odeur de pomme pourrie. Juliette s'indigne de votre sale gueule.

— Fais pas cette tête, Claire, ça t'enlaidit.

Elle, elle est si jolie...

— Ne chuchote pas quand tu parles. Articule. Tu es prof de français.

Vous répliquez que vous êtes Professeur de Lettres Majuscules.

Elle sort une petite bouteille de Coca usagée de son sac et s'y désaltère. Rasade de rhum déguisée. Elle a même le toupet de vous en proposer. Vous ne dites rien. Mais vous n'en pensez pas moins. Vous, vous n'avez jamais bu, vous n'avez jamais fumé, et vous avez si peu baisé. Vous êtes si Claire, Juliette est si Obscure. Cette Africaine est la force du mal incarnée, et aussi le mâle fait femme. Il faut la voir, sur la tombe de son mari, dans ses délires éthyliques. Mais elle s'intéresse, énormément.

— Et tes élèves ? Ils sont comment ?

Le moins mauvais, répondez-vous, s'appelle Jordan Grandet. C'est un blondinet un peu trapu. Son père est haut placé, dans le logement social. Ça l'intéresse, non ? Elle ne cherche pas un appartement justement ? Ou alors est-ce qu'elle veut vivre chez vous toute la vie ?

— Non. Merci. Mais je ne veux pas que tu me pistonnes, Claire. Tes pistons sont toujours foireux.

Vous ne cillez pas. Vous lui dites juste que vos gamins, si vraiment ça l'intéresse, sont les recalés des meilleurs lycées de la région. Ils ont atterri à Honoré-de-Balzac, lycée sans histoires d'une banlieue qui n'a rien à raconter. Ni ZEP ni ZUP, peu d'immigrés de troisième génération. Personne ne sait que c'est une poubelle. Qui croirait que vous êtes un éboueur, d'ailleurs ? Vous recyclez pourtant du rebut de toute condition. Du fils de cadre et de la fille de balayeur. Sacrifiés à tous les autels.

— Je vois, dit-elle.

Elle s'en fout, déballe un chewing-gum à la nicotine.

Yukiko improvise une symphonie avec les chaînes de son pantalon. Laetitia pose sa tétine sur les copies de Rose. Devoirs de philosophie qui s'humidifient de salive infantile. Rose vous assassine de son regard bleu fané. Quelle est votre faute après tout ?

Un petit bonhomme chauve et grisonnant surgit, gorgé de soleil comme un fruit exotique. C'est votre proviseur, fraîchement débarqué du centre culturel français de Rio de Janeiro. Juliette avale son chewing-gum en lui serrant la main. Il n'a d'yeux que pour sa bouche, évidemment.

— Madame Ébinel… Quelle joie de vous rencontrer… Vous arrivez un peu tard mais enfin…. Vous nous arrivez du Gabon ?

— Oui, je suis arrivée il y a dix-huit ans. J'ai fait un très bon voyage et je vais parfaitement bien, merci. Claire Bauer et moi avons mis à profit cette longue attente pour mener une séance de travail très constructive.

Debout près de feu la machine à café, ils causent très sérieusement.

— La lecture et l'écriture sont souvent perçues par les adolescents comme des matières rébarbatives. Vous changerez ça ?

— Oui, monsieur.

Ils causent toujours.

On n'a pas besoin de vous dans cette conversation qui concerne vos élèves et la classe dont vous êtes le professeur principal. Juliette murmure. Le proviseur est sous le charme de cet écrivaillon frêle et chevelu.

S'il savait de quel égout vous avez sorti cette toxicomane.

Manifestement, ces adolescents n'en sont pas. Ce sont des hyènes qui ricanent dans des fauteuils de théâtre. Claire aurait pu me prévenir.

Une femelle à poil ras se noie dans son siège, proférant un bâillement prodigieux derrière de grosses pattes croisées d'ennui. Un grand dadais scrute mes chaussures. Ses oreilles sont décollées, il est un peu chauve, la chose est surprenante pour un animal de son espèce, mais ai-je pour autant un soulier différent à chaque pied ?

— Je suis Juliette Ébinel, écrivain professionnel et réputé. J'habite un château, dans la Loire.

Quelques feulements ébahis traduisent une forte impression. Mais mon château habite l'Espagne, bien que je sois, en effet, l'auteur d'un seul ouvrage, Le *Fantôme amnésique*. Quatre cent soixante exemplaires vendus. Une voix aigrelette jaillit soudain de ces ténèbres.

— Juliette quoi, madame ?

— Crétinel, lui souffle son voisin à voix haute. C'est l'écrivain de la prof.

— J'ai une formation en zoologie, en économie appliquée, et en inférence et décision statistique. Je suis donc habilitée à vous former à l'écriture, d'œuvres radiophoniques notamment.

Silence atterré.

— Vous êtes un vrai écrivain ? m'interroge la demoiselle.

J'en veux pour preuve la phrase que j'écris au tableau.

ELLE SE PROMENAIT DANS UNE ALLÉE DÉSERTE.

Rires dans la horde que je pétrifie aussitôt.

— Votre travail sera noté et je serai sans pitié.

Je suis une Gorgone tropicale et mes cheveux sont venimeux.

— C'est dégueulasse, pleurniche un jeune débris. Ce que vous faites, ça sert à rien. L'école ne sert à rien. On sera tous chômeurs !

— J'en conviens. Votre note comptera donc triple dans votre moyenne de français.

Ils attendent mes instructions.

— Vous ! La demoiselle qui n'avez pas compris mon nom ! Vous m'écrivez la phrase qui figure au tableau sur une feuille blanche !

Pétrifiée, elle s'exécute.

— Ensuite ! vous m'écrirez une phrase à la suite ! puis vous passerez la feuille à votre voisin, qui écrira une phrase à la suite ! et ainsi de suite ! Quand la feuille aura fait le tour de la classe, nous aurons un texte qui devra faire sens ! C'est compris !

Non. C'est pas compris. Et d'abord, je manque un peu de respect, ils trouvent.

— C'est vrai, leur dis-je. Vous devriez avoir l'habitude.

Ils réfléchissent. Et ils murmurent.

— Assez discuté ! Au travail !

Je passe dans les rangs où la feuille circule et noircit. Je renifle, ici à droite, du bouffeur de profs ; cette carne-là se régale des blancs-becs à chair tendre, une friandise. Dans la jungle des origines, elle est la plus forte, mais ici, elle se fera bouffer par un sot, à l'âge adulte. J'arrive à côté d'un nabot à lunettes, blondinet, un peu trapu, avachi au troisième rang de la deuxième rangée.

— Qui êtes-vous ! je lui demande.

— Euh… Jordan Grandet ?

— Qu'est-ce que voulez-vous que j'en sache !

— Vous avez raison, madame. Tout le monde nous parle mal… Mais ça nous apprend la vie.

La vie est faite d'humiliations. Si jeune et déjà résigné ! Je suis dégoûtée. C'est ça, le meilleur élément de Claire ! Fils d'un patron dans le logement social en plus… Oui, je suis en manque de logement. Mais une intervention de Claire auprès des services sociaux serait tout juste bonne à m'enfoncer. Et il n'est pas question que je la laisse me foutre à la porte de chez elle. Après tout, elle m'est redevable.

La feuille passe de table en table et chaque couple d'élèves apporte sa contribution à l'élaboration de l'œuvre collective. Je m'assieds.

Soudain, mon hypothalamus (je crois bien que c'est lui) détecte une anomalie à gauche de mon nombril : mon ventre durcit. Cette boule au fond de mes entrailles, je la reconnais. L'hôpital la tient pour un boudin de selles coincé dans mon gros intestin. Mon corps, affirment ces charlatans, parle à ma place : « Vous retenez, Juliette, vos intestins trahissent votre souffrance. » Tu parles… Mes intestins ne m'ont jamais trahie. Ils sont mes meilleurs amis. Mon corps est bien la seule personne qui me soit fidèle. Mon corps m'aime. Mais la tumeur ne m'aime pas. Oui, c'est une tumeur, je le sais même si le corps médical du monde entier s'est ligué contre moi pour me le cacher, en particulier le docteur Schweitzer. Je suis bonne pour une coloscopie à Lambaréné. Cette abominable caméra calibrée pour faire intrusion dans mes chairs les plus intimes. Forcer la porte délicate de mon anus ?

Je n'irai pas. Il est trop tard. Le Nganga d'Omboué, lui, aurait su me guérir…

La feuille s'arrête devant le petit blondinet un peu trapu, le fameux Grandet, son air innocent, sa joue généreuse, son assistance sociale. Croit-il me tromper avec son minois de bébé ? Alors qu'il s'agit d'un loup ! D'un loup-garou ! Ces hyènes me fatiguent. Sales gosses. Ils persécutent mes intestins. J'espère qu'ils crèveront avant moi. J'irai faire sécher leur viande dans les fumoirs du Moyen-Ogooué.

— On pose les stylos ! C'est terminé !

La troisième rangée proteste mollement. Grandet m'apporte l'œuvre et je lis notre création.

ELLE SE PROMENAIT DANS UNE ALLÉE DÉSERTE. On ne savait jamais. Le dangé raude partout, et cela la rassurais d'être seul. Enfin elle pouvait réfléchir et laissé son imagination s'exprimé au fure et a mesure qu'elle avançait. Au fure et a mesure, elle fini par se rendre conte de la réalité de cette chose extraordinaire. En effet, personne n'avait jamais vu cela, et pourtant, cela ne lui faisait pas peur. C'été un petit lapin vert, avec de grande dent qui dévoré un ours. Un ours, oui un ourse ! Que disait le proverbe « Ce n'est pas la petite bête qui mangera la grosse » ? En effet, le lapin était gigantesque, immanse, imposant et il dévoré le nounours.

Nous nous applaudissons.

— Pour la prochaine fois ! vous me composez ! un poème ! ou un texte ! dont les initiales ! de chaque vers ! ou phrase ! lues ! dans le sens vertical ! composent votre prénom !

— Mais madameuh ! Vous allez trop viteuh ! On peut pas noter !

— Pour la prochaine fois vous…

— C'est n'importe quoi ! On n'est pas écrivains !

— Je m'en fous !

— On a déjà trois contrôles la semaine prochaine !

— À la semaine prochaine même jour même heure même endroit !

— Ça n'a pas encore sonné !

— Sortez.

Ils peuvent bien traîner un peu dans les couloirs, ces mollusques.

Je quitte le lycée. J'aurais pu dire au revoir à Claire, mais je n'ai pas le temps, Claire me bouffe tout mon temps, il est temps que ça cesse, on n'a pas toute la vie. Et le cimetière m'attend.

Manifestement, ce vieil arbre n'en est pas un. C'est un crocodile debout, qui digère un buffle.

Quelle étrange idée, pour un crocodile, de sentir la châtaigne.

Quelle drôle d'idée aussi, de se planter comme un arbre mort au milieu du cimetière. Il est raide comme une sœur en prière qui se recueillerait sur la tombe de Luc.

Une cigarette, Monsieur Crocodile ? Moi, je fume comme deux pompiers. Et je bois comme un demi-trou. Un vieil arbre, vous ? Vaurien. Vous êtes un saurien, c'est tout. Vous m'avez trompée trois ans dans votre tenue de camouflage, mais je ne suis plus dupe de votre apparence arboricole, et Luc non plus.

Regardez-le mon Luc.

Il mange encore ses pissenlits par la racine.

Ah, celui-là. Toujours le dernier à finir son assiette.

Luc et moi nous sommes connus sur les berges de l'Ogooué, Sieur Crocodile, quand nous avions dix ou douze ans. L'avez-vous su ?

C'était au mois d'avril, ma poitrine trouait mes T-shirts, sa voix s'obstinait dans l'enfance. Notre premier baiser fut baveux et dégoulina sur le réfrigérateur de ses parents. Sa virginité fut le cadeau de mon quinzième anniversaire. Je lui offris mon pucelage à la même occasion. Nous coulions des jours heureux, sur les rives du grand fleuve quand la géographie nous sépara. Il partit à Bordeaux juste après son bac ; mes parents m'exilèrent à Genève dès ma majorité. J'y ai eu ma première fille, Yukiko, à l'issue d'une belle histoire de cul. Yuki. Ma grande malade. Depuis peu, elle m'appelle Mère et m'accable de reproches.

— Mère, pourquoi m'avez-vous affublée de ce prénom ridicule ?

— Parce qu'une sage-femme m'y a forcée.

À sa naissance, de larges yeux bridés mangeaient le visage de ma première-née. Elle était chevelue d'une toison noire aux reflets bleus. Yukiko est née à Genève des mains d'une sage-femme asiatique, prophétique.

— Votre enfant sera travailleuse comme une fourmi japonaise, m'a-t-elle prédit, surtout en hiver.

Dans ces conditions, je n'avais d'autre choix que de l'appeler Yukiko.

— Mère, vous êtes puérile. Pourquoi ne pas m'avoir appelée Morgane ?

Depuis la prédiction faite à la maternité, je l'ai toujours harcelée pour qu'elle soit une élève parfaite, de ces perfections qui font des niais d'exception.

Quelques années après sa naissance, nous nous sommes retrouvés, Luc et moi. C'était à Paris, je courais dans un couloir de la station Châtelet, une voix d'homme m'a appelée.

On ne voyait que lui.

Cette silhouette surhumaine, ces longues crêpures brunes et blondes, ces yeux vert de mer qui étincelaient sur son visage brun. Il irradiait. Même les lumières blafardes des souterrains ne parvenaient pas à l'affadir. Il était l'étoile d'une troupe de ballet. Je finissais mon cursus de zoologie. Yukiko venait d'avoir sept ans. Nous ne nous sommes plus quittés.

Luc a dansé à faire se pâmer les vivants de tous sexes.

Et ses fesses étaient si jolies. Quand il se mettait en scène, il subjuguait jusqu'à l'espace qui s'agenouillait devant lui. Le temps même succombait.

Mais vint le temps de la maladie.

Manifestement, Sieur Crocodile, ce mal n'en était pas un. C'était un succube, auquel Luc succomba. Ce démon femelle s'accouplait à lui, chaque nuit, malgré nous. La bête immonde et sournoise le mangea à l'intérieur, en silence et sans publicité. On ne la voyait pas, on ne l'entendait pas, il ne la sentait pas. Comment a-t-elle pu être si vorace? Sa grande gueule avide s'est goinfrée de lui et nous a séparés.

Ils ont parlé d'un lymphome foudroyant. Tu parles. Charlatanisme.

Il s'est éteint il y a trois ans, lui, la flamme inextinguible. Laetitia l'a vu mourir avant de naître.

— Mon papa, il s'appelle Luc. Je l'ai vu quand j'étais dans le ventre de maman. Et puis après, il est monté au ciel.

Je ne l'avais pas assez aimé pour qu'il s'en aille déjà. Il est parti quand même, avec le succube.

Depuis la mise en bière de Luc, je carbure au rhum de cuisine. Et au bon tabac. Je m'accroche à l'existence. Par tous les bouts. Mais plus le temps passe, moins ça passe. Le temps me persécute. Je m'accroche quand même. La résurrection de Luc n'est pas impossible. On voit de si drôles de choses. Des choses bizarres, comme des sauriens déguisés en châtaigniers. Des choses étranges, comme des huissiers habillés en croque-morts. Oui, huit mois après la mort de Luc, c'est bel et bien un huissier qui me foutait à la porte de notre appartement. Un charlatan mandaté par un préfet. Son visage était pâle comme l'hiver. Trop charmant pour être honnête. Je ne l'avais jamais vu, Sieur Crocodile, bien que ce croque-mort assermenté m'ait traquée comme du gibier jour et nuit pendant des mois. Deux gros malabars, des flics qui l'encadraient pour me cadrer, au cas où, montraient leurs biceps gonflés d'arrogance et de protéines. Bel après-midi glacé de soleil. Ils m'ont mise à la porte poliment. Ceux-là n'aimaient pas leur métier. Sur le trottoir, collé à ses deux chewing-gums municipaux, l'huissier m'a recommandé de me rendre à la mairie, où, me dit-il, je trouverai un logement social, un HLM. Il suffisait de s'inscrire. Veuve, deux enfants dont une malade, écrivain diplômé en zoologie. Ça devait passer comme une lettre à la poste.

J'ai vite déchanté.

Je déchante encore. On voit de si drôles de choses. Des choses bizarres, oui. À défaut d'HLM, j'échouai dans un squat déguenillé. Voué à une destruction prochaine (elle était prochaine depuis douze ans) cet immeuble, pourvu d'électricité un jour sur deux, comptait deux douzaines de pièces, humides malgré l'absence de sanitaires. Dénuées de portes, ces pièces voyaient se croiser des transitaires, et un petit noyau dur. Tout ce petit monde vivait dans une harmonie relative. Les familles mono ou polyparentales, aux tripotées de gosses, les poignées de célibataires, les grappes de vers solitaires à l'état civil indéterminé. Au début, j'avais si peur qu'un huissier débarque, je n'en dormais pas la nuit. Et il y avait les ronflements, non… les grognements d'un type qui se faisait appeler Clocheton, un grand garçon au cou de taureau et à la pogne de bûcheron, qui venait dormir là tous les hivers, en échange d'une corvée de bois pour le chauffage.

Mais l'huissier ne venait pas. Et Clocheton est parti.

J'ai, dès lors, pu trouver un sommeil relatif. Mes yeux se fermaient vers deux ou trois heures du matin, sur la vision réjouissante d'un huissier dont le cœur calcinait lentement.

Il n'en restait qu'une petite cendre misérable, et malodorante. Menu alléchant, j'en conviens, mais la mauvaise herbe n'a pas le cœur fragile ; elle a la dent dure mais elle n'a pas de cœur. C'est une espèce végétale décérébrée qui ne se mange même pas en salade ; ou de la viande de crocodile ?

Une époque, j'ai pensé m'initier aux rites du Ndjembé pour entrer en contact avec Luc. Mais j'ai eu peur de succomber à la racine d'Iboga, ou de ne jamais revenir des mondes invisibles, vous savez, les univers parallèles. Vous connaissez bien ce problème, n'est-ce pas ? L'alcool de cuisine me semble un assez bon compromis ; à défaut de me révéler les secrets de l'existence, il me soulage de toutes les incompréhensions. J'ai toujours un peu de Négrita sur moi, transvasé dans une petite bouteille de Coca. Avec lui, j'ai survécu. Avec lui, les filles et moi nous sommes faites à ce drôle de squat.

Nous étions les pupilles d'Hiroki, un vieux Japonais d'origine baoulée, fumeur de chanvre féru de botanique. Hiroki, dont on disait que le père était noir américain, hantait le squat depuis des lustres. Il élevait un couple de rats homosexuels, il était plein d'égards pour moi.

Souvent, je me traînais jusqu'à une boîte à journaux montée comme un échassier carnivore, dans l'espoir secret d'y pêcher une perle rare, une jolie maison à moi, rien qu'à moi. J'enfonçais ma main dans la gorge de l'oiseau d'où je retirais un *France-USA Contact*. Journal gratuit même si j'avais l'impression de le voler. Quoi que je fasse, j'avais toujours l'illusion de voler. Ce qui ne coûte rien devient tellement cher. L'inflation touche même la gratuité. Les pages du *Fusac* défilaient sous mon index humide jusqu'à la rubrique « For Rent ». À louer. À louanger. À glorifier. Je glorifiais les petites annonces immobilières, toutes les petites annonces immobilières, avec le sentiment puissant d'appartenir à une secte grouillante d'incorrigibles superstitieux, adoratrice de la petite annonce immobilière, caressant le fol espoir de se loger. Une chambre de bonne aveugle, peuplée de cafards, avec lavabo et W.-C. sur le palier, tel était mon rêve le plus fou.

Ma vie, Sieur Crocodile, suivait un cours incertain.

Il s'aggrava subitement, le jour où je découvris une collection de fétichiste sous un matelas. Des slips, mes slips, enfilés comme des perles dans de la ficelle un peu rêche sous le lit d'Hiroki, mon prétendu protecteur. Après le vol de mes slips, je ne doute pas qu'Hiroki aurait procédé à mon hystérectomie.

Il était temps de partir.

J'ai pris mes slips, mes filles, mes cliques et mes claques et nous nous sommes enfuies avec l'intention de passer la nuit dans un centre d'hébergement pour utérus en danger.

C'est à ce moment que j'ai rencontré Claire.

Nous avons fait connaissance sur le Pont-Neuf, il y a un an. Je traversais le pont en direction du centre d'hébergement pour femmes battues. Claire était sur le point de sauter dans la Seine. Et je me suis trouvée là. Elle venait tout juste de divorcer. Déjà, sa jambe droite se balançait au-dessus des eaux, mais je me suis jetée sur son autre mollet, m'y agrippant comme un chien sur un os. Plus lourde que moi, Claire m'a d'abord entraînée vers son naufrage. Je glissais inexorablement vers sa mort et je l'y aurais accompagnée jusqu'au bout, si un type n'avait pas plongé sur ma cheville. Ma jambe, j'ai cru qu'il allait me l'arracher, ce crétin.

Voilà comment j'ai sauvé Claire. J'ai parfois des regrets. Certes, elle m'offre le gîte et le couvert. Mais à quel prix... Enfants compris, nous étions au départ cinq résidents permanents dans ses cinquante mètres carrés auxquels il faut ajouter les nécessiteux de passage qu'elle hébergeait occasionnellement, sans compter son amant. Benoît. Chirurgien esthétique sans aspérités. On ne l'a pas revu depuis des semaines. Quant à Claire, sa philanthropie s'aggrave. Elle ne se contente plus de bannir la misère par imposition des mains. Elle bascule aussi dans la plus âpre des folies. Elle traque la poussière, anéantit les microbes. N'embrasse plus son fils sous prétexte qu'il ne faut pas lui transmettre le virus de l'herpès. Tout ça pour un bouton de fièvre sur ses lèvres ? C'est autre chose. Elle ne veut pas m'en parler, elle cache ses maux, elle économise ses mots, elle retient même son souffle, quand elle parle, elle chuchote, c'est presque inaudible. Et puis elle n'héberge plus personne. Nos tête-à-tête m'éreintent. Je n'ai pas la vocation d'infirmière gériatrique.

Oui, Claire est un loup blessé. Nous sommes ses trois petits cochons. Il nous faudrait une maison plus solide.

Je voudrais la quitter. Partir de chez elle. Mais il n'est pas question que je la laisse me foutre à la porte. Je ne veux plus qu'on m'expulse. Je veux m'expulser moi-même.

Voilà, Sieur Crocodile, vous savez presque tout. Je vous confie Luc, vous êtes son cerbère. Essayez un peu de le bouffer, Niloticus, vous verrez de quel bois je me chauffe.

Dors bien, Luc. Et finis ton assiette de pissenlits. Je te laisse un paquet de tabac et ton papier à rouler préféré.

Bon dimanche à tous les deux.

ENCORE DE LA MOUSSE,
JE VOUS PRIE

L'eau de Javel coule dans le bidet.
Il est possible, Claire, mais pas certain, que vous développiez la maladie plus tôt.
Traquer les sécrétions où niche la bête qui niche partout
La bête à Benoît
Il est possible, Claire, mais pas certain, que vous développiez la maladie plus tôt.
Bain de siège
Il est possible, Claire, mais pas certain, que vous développiez la maladie plus tôt.
Tuer les sécrétions

*

Claire sort de la douche.

— Bonjour Claire, tu as une mine de déterrée ce matin.

— Merci.

Elle a beaucoup bu hier soir. Et elle s'est gavée.

*

Ce qui arrive est écrit, docteur Freud. Vous n'avez pas le choix. Si vous l'aviez, certes, vous ne choisiriez rien. Ni le pire, et le meilleur encore moins.

*

Se remplir, c'était ça. Comme une oie. Claire a peur. De quoi ?

*

Une cigarette, Juliette. S'il te plaît.

— Tu fumes, maintenant ?

Faut bien mourir de quelque chose.

Il est possible, Claire, mais pas certain, que vous développiez la maladie plus tôt

*

Claire s'installe à la table à manger, ma cigarette entre les doigts. Elle réclame du feu, je lui lance un briquet. Elle sort un paquet de copies d'une enveloppe en kraft. Allume sa cigarette. Ses doigts tremblent. La cigarette lui échappe. Elle la ramasse et l'écrase sous la table.

*

Copies de français. Sauver la jeunesse est votre sacerdoce, mais la jeunesse a la peau plus dure que vous. Vous, vous avez le cœur tendre, et le virus contre vous.

Il est possible, Claire, mais pas certain, que vous développiez...

*

Claire est terrassée par son métier. Déprimée par sa vocation. L'année dernière, elle rêvait à une affectation dans un autre lycée. Désir coupable.

— Je n'ose pas demander, me disait-elle.

Et puis ne changeons rien, il y a des gens pour qui la vie est pire, elle l'a toujours pensé, ça l'a toujours rassurée. Moi par exemple. Et cette pauvre Guatémaltèque sans papiers qu'elle a hébergée l'année dernière, gratuitement contre quelques heures de ménage et de baby-sitting. Elle lui a même payé l'avortement d'un fœtus clandestin. Ses saletés de philanthropies…

*

Une clope, Juliette. Merci.

— Tu viens d'en écraser une.

Une cigarette !

Il est possible, Claire, mais pas certain, que vous développiez la maladie plus tôt

*

Elle allume ma clope. Aspire. Garde la fumée dans la bouche. Ses joues s'arrondissent. Faut-il avaler ? Ses yeux sortent de leurs orbites. Elle déglutit. S'étrangle. Tousse. On dirait moi quand j'avais douze ans. Elle crapote mon tabac, jusqu'au bout, comme on finit son assiette, pour faire plaisir à maman.

— Je vais prendre une douche, Juliette.

— Encore ?

Elle s'enfuit dans la salle de bains, les mains sur les oreilles, comme assourdie par un acouphène lancinant.

*

Vous êtes assise dans le bidet. *Il est possible, mais pas certain, que vous développiez la maladie plus tôt.* Des larmes cognent dans votre gorge. *Il est possible, mais pas certain, que vous développiez la maladie*… Ces larmes… Où croient-elles aller ? Vers le Pacifique ? Elles se trompent d'adresse. *Il est possible, mais pas certain, que vous développiez*… Mesdemoiselles, ce n'est pas joli de pleurer. Vous, Claire, vous êtes assez moche déjà. *Il est possible, mais pas certain*.… Vous êtes laide. Mais vos seins sont jolis. *Il est possible, mais*.… Vos seins… Un cadeau de Benoît… *Il est possible, mais*… Ils sont faux mais ils sont beaux… *Il est possible, mais*… Des seins pareils… Non… Vous n'avez pas le sida. *Il est possible, mais*… Non… Bientôt la vérité éclatera.

Test HIV au petit déjeuner. Mais vous n'avez pas faim.

Huit heures précises, vous arrivez au laboratoire à jeun. Vous avez un quart d'heure d'avance, ils ont une demi-heure de retard. Vous n'avez toujours pas faim.

Vous avez le temps d'aller aux toilettes. Ni petit, ni gros besoin, vous avez juste à vous laver les mains, avant de manger votre troisième test HIV. Vous vous êtes lavé les mains sept fois avant de venir. Sept fois comme sept nains, sept nains comme sept jours de la semaine, et vous pourriez continuer comme ça pendant cent sept ans.

Au fond du couloir à gauche, vous passez la porte. Une femme de ménage récure les éviers. Évidemment, elle s'interroge déjà sur le sens de vos nettoyages intempestifs. Sans compter les serviettes de papier qui s'accumulent dans la corbeille pour témoigner de vos nombreux essuyages. Tout ça doit avoir un sens, ça tombe sous le sens. Vous n'avez pas le temps d'y penser, vous avez à vous laver les mains, elles ne sont toujours pas propres, bien que vous vous appeliez Claire, comme de l'eau de roche. Encore de la mousse, je vous prie, c'est pour un test HIV.

Un dernier test. Car il est possible, et même certain, que vous ne soyez pas malade.

L'heure venue, et même largement passée, vous vous asseyez sur un fauteuil qu'on vous offre comme une chaise électrique. Arrive une très jeune infirmière. Le garrot est à peine serré, trop fort, qu'elle vous quitte pour chercher quelque chose. Elle revient avec des gants transparents. Les enfile avant de tâter votre bras, tremblante.

Elle ne trouve pas vos veines.

Vous ne lui en voulez pas, elle est sans doute débutante. Mais pourquoi ces gants ? Et pourquoi pas un masque, des palmes et un tuba ? Faut-il qu'elle soit débutante, vraiment. Une veine enfin, semble lui convenir. Elle pique d'un coup sec. Lèvres serrées. L'aiguille suce, le piston aspire, mais le sang ne monte pas.

Elle a piqué à côté.

Vous ne lui en voulez pas. À la deuxième prise, toujours rien. Il vous semble qu'elle transpire sous sa blouse.

Quand vous étiez enceinte de Tom, il y a cinq ans, ils vous faisaient une prise de sang par mois, car vous étiez séronégative à la toxoplasmose. Séronégative, oui. Tant mieux. Car il faut éviter la toxoplasmose, quand on est enceinte.

Elle défait le garrot et tâte votre autre bras.

À l'époque de votre grossesse, même les infirmières débutantes piquaient la bonne veine du premier coup. Pourquoi ? Parce que vous étiez séronégative ?

Elle refait le garrot sur votre bras gauche, tremble comme un sachet de plasma. Troisième prise. Vous sentez l'infirmière défaillir au jaillissement de votre sang dans son tube. Vous ne sauriez dire ce qui le salit, mais vous pourriez jurer que votre sang lui paraît dégoûtant.

Vous vous en lavez les mains.

Encore de la mousse, s'il vous plaît, c'est pour un test HIV. Le dernier. Car il est certain que vous n'êtes pas malade.

Vous avez mal entendu. Il répète.

— Votre troisième test confirme les deux premières conclusions.

Que faut-il en conclure, docteur ?

Une larme creuse le sillon de vos rides arides. Votre nez bientôt, ruisselle à gros bouillon. Décidément, votre horizon s'obscurcit, mais n'est-ce pas le lot de tous, à la fin ? Mais d'abord, pourquoi a-t-il fallu qu'elle s'y reprenne à trois fois, l'infirmière avec sa prise de sang ? Les autres y arrivaient très bien quand vous étiez séronégative à la toxoplasmose. Elle s'est bien foutue de vous. Vous regardez vos mains. Elles sont sales, c'est inimaginable. Qu'a-t-elle fait de votre sang, l'infirmière ? Elle l'a contaminé ? Vous faites remarquer au docteur Tokuda que quand même, l'infirmière, elle aurait pu l'avoir du premier coup, cette satanée veine.

— Ça n'aurait rien changé, Claire, je le crains.

Vous êtes mère, vous ne lui aviez pas dit ?

— Je sais, oui.

Il croise les jambes comme pour vous dire qu'il s'en fout. Alors vous lui racontez que... vous êtes Professeur de Lettres, il le savait ?

— Je suis au courant, oui.

Vos yeux se noient. Votre bouche ne trouve rien à dire pour cacher ces larmes.

— Laissez-vous pleurer, Claire, vous vous dirigez sur la voie de l'acceptation.

Cachez ces larmes qu'on ne saurait voir. Ce n'est pas joli de pleurer. Vous êtes moche. Non. Vous n'êtes pas moche. Vos seins sont sublimes. Vous êtes Professeur de Lettres. Vos mains sont propres. Il vous offre un mouchoir rose. Non, le remerciez-vous. Vous n'en avez pas besoin.

— Je crois que si.

Les eaux encore, traversent les contrées désolées de vos joues arides. Elles coulent vers le sud. Où croient-elles aller ? Vers l'océan ?

— Vous avez besoin d'aide, Claire...

Vous n'avez besoin de rien. Vous n'êtes pas une mendiante.

— Regarder sa maladie en face, Claire, c'est l'accepter, et l'accepter, c'est accepter de se soigner.

Un éternuement ponctue sa phrase. Il souffre d'un refroidissement ?

— Non. Une petite fièvre.

Il lève les yeux vers son diplôme de médecin, accroché à côté d'une fenêtre ouverte. Vous aussi, lui dites-vous, c'était juste une fièvre.

— Je sais, oui.

On vous avait parlé d'un refroidissement. Il est au courant ?

— Oui, je suis au courant.

Est-il sûr que c'est juste une grippe, ce qu'il a ?

Il baisse la tête, son nez plonge dans son agenda ouvert à la page du jour. Son silence devient gênant. Alors, vous lui rappelez que vous, vous êtes Professeur de Lettres et que...

— C'est tout à votre honneur, vous interrompt-il.

Oui, mais vous, vous hébergez une veuve alcoolique et ses deux enfants depuis plus d'un an. Il faut la voir, Juliette, quand elle a trop bu... Elle se frotte sur la tombe de son mari et elle parle aux arbres du cimetière et...

— C'est bien, Claire mais revenons à...

À quoi ? Sa maladie ? Vous ne la méritiez pas.

Il ferme son agenda.

— Les choses de la vie sont tragiques dans leur destin, Claire. Mais si on les prend en main, on peut limiter la casse.

Oui, il a raison. Dans les déchets les plus immondes, il y a toujours une pépite que la Seine n'engloutira pas. Juliette aussi, vous a donné cet espoir, bien malgré elle, en vous ramenant à la vie. L'espoir... Vous l'attendez toujours. Vous détestez attendre. Ça vous oblige à vous souvenir. Que les temps sont durs. Que le temps vous est compté.

Il éructe un long soupir. Vous lui faites perdre son temps, visiblement. On a tous nos problèmes, c'est vrai, lui aussi, sûrement. Mais il a, lui, le temps de régler les siens. Est-ce qu'il a des enfants, lui ?

— Un fils. Il a bientôt quinze ans.

Ah. Bon. Vous, vous enseignez les Lettres à des élèves de son âge. C'est un défi de chaque instant. Il faut du temps. Mais le temps... tout le monde s'en fout... le vôtre, il vous est compté. C'est injuste, il ne trouve pas ?

— Le temps nous est compté à tous, Claire.

Un sombre silence s'insinue entre vous. Le docteur Tokuda le destitue en se mouchant bruyamment.

— Avez-vous des amis sur qui vous pouvez compter, Claire ?

Juliette ? Elle vous déteste ! C'est une misanthrope patentée, une hypocondriaque assermentée, une paranoïaque certifiée, une... Vous vous excusez, vous ne vouliez pas vous emporter. Mais... Juliette... on lui donne un bras et... oh ! elle est vorace, docteur ! Comment vous en débarrasser ?

Il renifle. D'impatience? Ces reniflements sont insupportables. Vous explosez. Il ne peut pas se soigner! Il est docteur!

— Je me soigne, Claire. Et vous?

Vous? Mais vous n'êtes pas malade. Vous vous êtes connue petite fille. Quand vous étiez enfant, vous vous étiez vouée à un prince charmant… unique et du meilleur sang.

— Votre sang n'est pas mauvais…

Oui, vous êtes grotesque, vous en avez conscience.

— Parlez plus fort, Claire, je vous entends mal.

Vous parlez aussi fort que vous pouvez! En tout cas, il faut qu'il sache… avec votre mari, vous avez été fidèle pendant vingt ans. Qu'il vous… fasse l'amour… ou pas. C'est lui qui vous a trompée. Il n'a pas attrapé le sida pour autant, non? Vous, vous avez bien pris un amant. C'est vrai. Mais c'était après le divorce. Vous avez été correcte. D'une rectitude parfaitement atavique. Et il faudrait que vous soyez malade? Est-ce qu'il trouve que c'est normal? Alors que votre ex-mari, lui… Enfin… est-ce que c'est normal!

— Non, bien sûr, mais… lui avez-vous parlé?

À qui?

— À votre amant.

Lui parler de quoi? C'est fini depuis longtemps, Benoît et vous. Il a plaqué votre boîte vocale. C'est un homme marié, il imagine un peu?

— Il n'y a pas de honte. Vous êtes séropositive, mais vous n'êtes pas malade. C'est latent.

Attendre quoi!

— Latent. Je disais, latent.

Vous n'avez plus de temps à perdre!

Ses yeux noirs soutiennent votre regard mouillé. Son regard s'adoucit.

— On ne posera le diagnostic qu'en cas d'infection opportuniste. Des années peuvent s'écouler pendant lesquelles vous serez en pleine forme. Vous pouvez même avoir des enfants si vous voulez... Seulement il faut agir.

Vous ne dites rien. Vous vous sentez mal. Votre cœur bat la chamade. Et vous avez passé l'âge d'avoir des enfants.

— Parlez-en, Claire... enfin... Soyez prudente avec les gens que vous connaissez peu. Méfiez-vous de ceux que vous connaissez le mieux.

Vous ne dites rien. Vous n'en pensez pas moins. Il vous intoxique. Il cherche à vous rouler. Vous n'êtes pas une roulure. Vous n'êtes pas malade. Vous n'avez rien à faire là. Vous n'avez rien fait. Toute votre existence en témoigne.

— Une cohabitation avec la maladie est possible, Claire.

La rage monte. Vous vous sentez devenir la bombe atomique.

— Claire... La multithérapie... Vous pouvez cohabiter !

Vous explosez.

Ce qu'il dit est insupportable ! Vous ne voulez pas vivre en ménage avec cette saloperie, vous avez déjà donné avec votre mari, assez de compromis, vous voulez vivre sans craintes, assez de freins, il a tort, la cohabitation est impossible, vous méprisez cette maladie, et tous les freins, et tous les compromis, quarante ans de soumission au bon vouloir d'autrui, non c'est fini, même s'il s'agit d'une maladie, et pour autant qu'elle vous habite réellement et si, vraiment, c'était le cas, qu'il sache que le mépris est silencieux, alors non, pas de communication avec cette saloperie, vous n'avez plus de temps à perdre avec ces niaiseries ! Vous êtes Professeur de Lettres. Vous enseignez, vous soignez et n'avez pas à être soignée. Vous voulez fumer ! Vous voulez boire ! Vous voulez baiser ! Vous voulez vivre ! Adieu, docteur !

L'AMERTUME DU CACAO TANZANIEN

« Monsieur le Maire,

En gage de ma gratitude pour votre aimable inertie, je forme pour vous le vœu d'une mort prochaine, précédée d'atroces souffrances.

En attendant cet heureux événement, je vous invite à consulter un dictionnaire où vous découvrirez le sens du mot "hébergement". Ceci, bien sûr, à condition que vous sachiez lire, car vous n'avez visiblement pas su lire mes derniers courriers.

Je vous prie d'agréer, Monsieur le Maire, l'assurance de ma considération très distinguée.

Juliette Ébinel »

— Je vois..., s'étrangle Véronique en achevant la lecture de cette lettre, c'est... une lettre de condoléances.

Nous devisons, Véronique et moi, aux Trois Petits Cochons, sa guinguette favorite. Et tandis qu'elle range cette lettre dans la chemise cartonnée où figure l'intégralité de mon dossier plombé, je la rassure.

— Ce maire n'est pas encore mort, que je sache : il peut encore me trouver un logement social. Ce serait la moindre des choses. Parce que je suis à la rue, Véronique. Enfin... presque. J'habite provisoirement chez une amie, Claire.

Véronique est assistante sociale, à la Confrérie des Gens du Livre. Vieille copine entre deux âges, perdue de vue entre deux vies. Je l'ai fuie après la mort de Luc, j'ai fermé sans la claquer la porte de mon intimité, incapable d'aimer ou de haïr mes amis d'avant, vidée de tout sentiment pour quiconque, reliée au monde seulement par mes enfants, dont la chair si fraîche me nourrissait. J'étais un ogre, ils étaient mon bouclier, Véronique l'ignore, tout comme elle ignorait que Luc était mort il y a trois ans. Elle peine encore à pardonner mon long silence.

— Pourquoi tu ne m'avais rien dit pour ton Roméo ?

— Il serait mort de toute façon.

Un ange passe et traverse mon esprit lacéré. Je suçote un morceau de chocolat noir, 70 % de cacao tanzanien. Les grands yeux de Véronique dégorgent un regret moite.

— M'apprendre ça par téléphone, Juliette... Après ces années de silence.

— C'est du passé, Véronique.

Le passé s'insinue en moi comme un venin paralysant ma langue. Et les yeux de Véronique, toujours, qui dégoulinent d'un vieux reproche. Elle sécrète son grief.

— Tu n'as jamais répondu à mes messages. Et subitement... tu m'appelles ?

— J'ai été expulsée de notre appartement huit mois après la mort de Luc, Véronique.

— Mais enfin j'aurais peut-être pu l'empêcher ! Je suis assistante sociale !

— J'avais oublié. Excuse-moi. Et puis... J'en ai vu tu sais... des assistantes sociales... La dernière a posé ma candidature sur un HLM à côté du collège de Yukiko. Le maire m'a évincée, justement.

— Et tu le menaces de mort..., mugit-elle en triturant mon dossier.

Mon ventre soudain, durcit. Le cancer de mon côlon, encore ? Drôle de tumeur. C'est comme une douleur sur pattes. Sa température est constante, elle est mobile, elle se déplace. Pourtant, les tumeurs malignes ne bougent pas, si intelligentes soient-elles. Alors à quoi elle joue ? Ma tumeur est nomade. Mon cancer est voyageur. D'ailleurs, nul ne saurait dire s'il est bien né dans mon côlon : je suis allée faire une échographie abdomino-pelvienne l'autre jour ; ils n'ont rien vu. Personne ne voit rien d'anormal nulle part. Ce n'est pas normal.

Une vive sollicitude se peint sur le visage de Véronique. Elle caresse ma joue. Je me répands.

— Et puis on n'a pas voulu de moi dans les centres d'hébergement, sous prétexte que Yukiko est épileptique.

— Toujours ces orages électriques dans le cerveau...

— Oh... Véronique... L'épilepsie, c'est diabolique ! Quand on voit son enfant sortir ses yeux de leurs orbites, quand on le voit convulser, bleuir, cesser de respirer, ça vous transperce le cœur, même s'il se ranime tout seul ! Et Laetitia qui ne veut pas arrêter de téter ! À bientôt trois ans ! Mes seins ne m'appartiennent plus ! Je ne m'appartiens plus !

— Mais... As-tu des amis sur qui tu peux compter ? Je veux dire... des amis avec qui tu ne fais pas la morte.

— Claire ? Tu parles d'une amie. Déjà, elle veut me foutre dehors, je le sens. Mais en même temps, je sais qu'elle a besoin de moi, parce que je suis son paillasson.

— Son paillasson...

— Oui. Et son repose-pied. Son fauteuil à bascule, aussi. Elle passe son temps à me confier ses peines comme on s'épanche sur un ficus.

Véronique déglutit son verre d'eau. Au fond de son œil, j'aperçois le fantôme de Luc, puis un regret, et un remords. Soudain, un espoir.

— Tu... tu as rencontré quelqu'un depuis... depuis...

— Pas la plus petite verge depuis trois ans.

— Oh…

— Je sais, Véronique, le sexe, c'est aussi une question d'hygiène, mais l'envie ne revient pas qu'est-ce que tu veux.

Elle s'attriste en regardant mes seins. Mes seins… À peine un bonnet B. Quand je pense aux nichons de Claire. Des baudruches gonflées à l'hélium par son Benoît… Qu'est-ce qu'elle en est fière de ses nichons ! Mais alors mes mamelles…

— Claire est diabolique, Véronique ! Elle peut bien me noyer dans ses larmes de crocodile, va, je ne partirai pas de chez elle ! Ou alors de mon plein gré.

Je suce un nouveau morceau de cacao noir. Ça me soulage. La bouche pleine d'amertume chocolatée, j'ouvre mon cœur.

— Si tu la connaissais… Elle ravale ses vrais chagrins, cache ses vilaines larmes, comme si je n'en étais pas digne. Je suis tout juste bonne à endiguer ses pleurnicheries présentables, elle m'arrose de ses maux les plus avouables. Pour le reste, elle consulte un psychothérapeute japonais, à ce qu'elle m'a dit.

Véronique m'écoute, en feuilletant mon dossier social, s'arrêtant parfois sur tel document et l'étudiant avec une perplexité infinie, surtout la copie de ma carte de séjour, à l'échéance si proche. Et moi, je diffame.

— Claire est féroce, comme un loup blessé.

Soudain, Véronique brandit une attestation sortie de ma chemise cartonnée. Elle ironise.

— Ton grand méchant loup t'a quand même fait une attestation d'hébergement, je vois.

— Oui, Claire oublie ses tentations morbides dans le secours d'autrui. C'est une philanthrope. Ranger ma chambre, chiner la misère et militer contre mon tabagisme sont ses hobbies favoris.

Je suce ma Tanzanie. Un arrière-goût de fumée. C'est le terroir qui veut ça. Véronique énonce bientôt son ordonnance.

— Passe au bureau du logement. Il faut les harceler. Je vois, ajoute-t-elle en épluchant encore mon dossier, que tu es complètement fauchée... mais tu n'as rien à perdre après tout... À part ça... je connais quelqu'un au ministère des Affaires sociales.

— Oui, moi aussi je connais quelqu'un.

— Ah oui ? Qui ça ?

— Je veux dire... le sexe... je n'en ai plus envie c'est vrai, mais baiser utile, ça peut servir.

Elle s'écrase contre le dossier de sa chaise pour esquiver ma vulgarité.

— Si ça peut te faire plaisir, Juliette.

— Fais pas ta mijaurée.

— Excuse-moi, Juliette, d'être un peu romantique. Luc l'était aussi, non ?

— Il trouvait le romantisme tout juste bon à faire péter plus haut que son cul. Mais pour en revenir à... enfin... je pensais à quelqu'un... il suit un atelier d'écriture que je donne à des adultes depuis pas longtemps. C'est un contrôleur fiscal. Il s'appelle Olivier. Il lui faudrait une femme pour lui faire des enfants et repriser ses chaussettes. C'est un tue-l'amour ambulant, mais c'est un brave garçon.

— Et c'est avec lui que... tu reprendrais du service ?

— Il est amoureux de moi, j'en suis sûre ; il serait prêt à m'acheter au prix fort. Et je vaux bien un appartement, je pense. Enfin... Je veux juste qu'il fasse une demande de logement social avec moi.

— Il est ferré ?

— Il n'est pas encore au courant.

Véronique envisage une stratégie foudroyante.

— Ne couche surtout pas avec lui. Il faut le faire languir.

Cet atelier d'écriture pour adultes a démarré il y a deux semaines. Ils étaient nombreux ce jour-là. Le lundi suivant, la moitié de mon effectif avait disparu dans la nature, ou dans l'atelier de yoga. Aujourd'hui, un autre quart a pris la clef des champs, ou celle de la salle de dessin. Ils ont cru qu'ils n'étaient pas à leur place. Ils se trompent, l'imposteur, c'est moi.

Les courageux rescapés (ils sont trois) sortent cahiers et trousses de leurs cartables et m'accablent de regards pleins d'espoir. Surtout Angélique, qui a clairement exprimé son intention de publier un roman à la clôture de l'atelier. Angélique s'accompagne toujours d'une règle graduée et d'une équerre. Jasmine, elle, a une très jolie plume. Caissière en hypermarché, des cheveux bouclés comme ses lunettes rondes. Tendre rigolote, elle a quelque chose en plus. Une blessure invisible qui s'exhale dans ces mots comptés qui lui glissent des mains par accident. Quelque chose d'insurmontable qu'elle contourne même dans l'écriture. Peut-être des viols répétés dans l'enfance. Reste Olivier. Olivier, mon élève préféré. Olivier, roide et concentré sur sa chaise d'écolier. Olivier, la stabilité vertigineuse de son salaire, surtout comparé à la flottabilité de mes gages.

Il a l'air si niais, c'en est attendrissant.

Ce cher et tendre conçoit les mots comme une médication qui pourrait le guérir de sa timidité maladive. Pourquoi guérir ? Les blessures suppurent de si jolies choses. Je ne comprends pas l'acharnement thérapeutique. Les cicatrices sont des dictatures.

Le pied occupe pour le moment l'essentiel de nos séances.

La vie amoureuse d'une paire de chaussures.
Un gros orteil écrit à son petit doigt.
La journée d'une chaussette écossaise.

Ces trois sujets proposés dans les règles de l'art pédagogique, je déclenche le chronomètre de mon téléphone portable.

— Vous avez vingt minutes.

Angélique lève le doigt.

— Peut-on utiliser des ellipses ? me demande-t-elle en mordillant intelligemment son équerre.

J'ignore ce qu'est une ellipse. Pourtant, je lui recommande vivement de l'utiliser. Qu'est-ce qu'une ellipse ? Une figure mathématique ? J'ai perdu l'ellipse dans les vieilleries de ma mémoire en désordre.

Je passe dans les rangs, les mains croisées derrière le dos.

Olivier, mon bon revenu régulier. Acceptera-t-il de s'engager avec moi dans l'aventure du logement social ? Puisqu'il me dévore des yeux, je vais l'inviter à me manger, lui offrir le privilège d'écrire son nom à côté du mien, sur une demande de logement réactualisée. Je pourrais aussi y inscrire mon père, ma mère, mes frères et mes sœurs, et je serais alors éligible pour les grands appartements. Mais il ne faut pas, les familles nombreuses ont très mauvaise réputation car elles cumulent les critères de priorité. Les gens prioritaires passent toujours après les autres. Être prioritaire, c'est céder sa priorité. Je formerai donc une toute petite famille avec Olivier, il ne me refusera rien, car je lui apprends à écrire tous les samedis matin.

Le regard sévère, je pollue leur inspiration.

— Soyez précis, rigoureux, incisif. Dégraissez vos textes avant de servir.

Je m'arrête derrière le dos d'Olivier. Sa chemise ondule légèrement, trahissant le frisson qui court tout au long de sa colonne vertébrale. Ses vertèbres frissonnent de désir, pour moi.

Qu'est-ce que cette ellipse ? J'ai beau fouiller mon cerveau, je ne sais plus. Ma mémoire est une vieille cave encombrée d'objets inutiles. Je la débarrasse une fois tous les dix ans. Peut-être y avait-il une ellipse autrefois mais, si c'est le cas, j'ai dû la jeter depuis longtemps. À moins qu'elle ne soit coincée entre ce vieux canapé et cette bicyclette mauve ? Ressemble-t-elle à la forme géométrique dénuée de cheveux que j'observe au sommet du crâne d'Olivier ? Rasé de près, il sent l'eau de Cologne. Tout chez lui trahit une quête absolue de conformité. C'est surtout ces cheveux. Mais le cheveu ne fait pas le moine. Ne l'accusons pas sans preuve.

Sa main tremble devant son cahier d'écolier. Je murmure à son oreille.

— Ça vient ?

— J'ai une panne, balbutie-t-il sans me regarder. Je suis désolé. Ça ne m'arrive jamais d'habitude.

— Remontons à la source de notre imaginaire, Olivier. Fermons nos yeux pour les ouvrir à l'intérieur de nous-mêmes.

— C'est les sujets qui me bloquent...

— Laisse ta main courir sur la feuille... laisse-la cheminer... fais-moi plaisir.

— Je...

— Bon ! Fais-moi une liste de mots composés à partir de pied !

— Comme pied-de-mouton ?

— Comme pied-à-terre.

Réconforté comme un homme à qui on pardonne une défaillance sexuelle, Olivier me sourit, et cligne doucement des paupières. Je finis de le soulager.

— Ça viendra, Olivier…

Angélique éructe un soupir bruyant de jalousie et souligne furieusement quelques passages de sa production. Les yeux de Jasmine se perdent dans le lointain de son paysage intérieur ; le bout de son stylo souffre sous la torture de ses dents angoissées. Je retourne à la table du maître et je couve mes poussins de regards onctueux, surtout le seul mâle de ma couvée. Je me fiche de son organe reproducteur, même si ses yeux pétillent d'un désir que j'attise raisonnablement.

L'heure tourne. Il est temps de conclure. Sortez les cahiers de texte, s'il vous plaît, et prenez note des devoirs suivants.

— Pour la semaine prochaine, vous m'inventerez le sens des mots « niellage », « friser », « coxalgie », « languette », « métamère », « amibe », « lapilli ».

Angélique et Jasmine s'envolent déjà ; Olivier finit à peine de ranger ses crayons dans sa trousse, comme un oisillon tombé du nid. Il ne le fait pas pour prolonger le plaisir de me voir : cette lenteur lui est naturelle. Enfant, il devait épuiser sa mère aux heures des repas ; trois heures pour avaler une coquillette. Quelle horreur. Et c'est avec lui que je passerais à la casserole ?

— Olivier, je te laisse mon adresse e-mail au cas où tu voudrais m'envoyer des textes à corriger. Et mon téléphone aussi.

Il rougit. Tout est possible désormais.

Tu ne m'en voudras pas Luc, mais il ne fallait pas me quitter comme ça.

Tous les matins je sors de mon lit hébétée par ton départ.

Demain encore, le soleil se lèvera stupéfait de ta disparition : il est encore mort ce matin malgré la nuit passée et le recommencement du jour.

Ta mort est souveraine, Luc, il n'y a pas de recours, pas de révolte, pas de combat possible, mais je n'arrive pas à me soumettre.

Je lutterai là où des batailles peuvent être livrées.

Je me jetterai à corps perdu dans toutes les guerres, pour m'acquitter de celle que je n'ai pas menée pour toi.

L'eau de Javel coule dans le bidet
Votre troisième test confirme les deux premières conclusions.
Vous croyiez n'être arrivée qu'à la moitié de votre histoire
Vous en avez lu la dernière page
Les premières pages n'étaient pas très jolies, mais elles étaient moins laides que la dernière.

*

Claire squatte la salle de bains. Toquée, complètement toquée. Elle désinfecte le linge, stérilise la vaisselle, javellise nos chambres. Son appartement reluit comme un antre mortuaire imbibé de formol et d'eau de Javel. Elle repousse les caresses de son fils, s'éloigne quand on l'approche, et quand elle approche son fils, il la repousse.

*

Ces larmes... Vous ne les supportez pas
Laissez-vous pleurer, Claire
Vous ne supportez pas la vue de vos eaux.
Laissez-vous...
Encore de la mousse, s'il vous plaît
Laissez...

*

L'autre jour, Claire avait des gestes si brusques qu'elle a renversé un petit masque de terre cuite que j'avais accroché au mur de sa chambre. J'y tenais énormément. Ce n'est pas qu'elle l'ait fait exprès. C'est qu'elle ne fait plus attention. Hier, elle a cassé une assiette que je traîne depuis quinze ans. Souvenir de mon arrière-grand-mère.

*

Bidon de Javel
Vous avez besoin d'aide, Claire...
La bête dans le bidet
Vous avez besoin d'aide...
Votre cul dans la Javel
Vous avez besoin...

*

Mes souvenirs l'insupportent? Comme si elle n'avait pas d'avenir. Elle passe son temps à coller des étiquettes sur des bocaux, pour distinguer les nouilles des spaghettis, les spaghettis des trines, les trines des pacherris, la confiture de framboises de la gelée d'abricot.

*

Votre cul se purifie, vous feuilletez votre vie, dans l'ordre et dans le désordre
Le temps nous est compté à tous, Claire.
Harmonie dissonante, où tout était à prévoir, au fond, même l'imprévisible

Le temps nous est compté à tous…
Ces imbrications vous surprennent
Le temps nous est compté…
Vous êtes comme une vache normande devant un casse-tête chinois
Le temps…

*

Claire a basculé. Je ne sais pas où aller la ramasser.
Elle ne veut pas que je la ramasse. Elle veut que je plonge avec elle.
J'aurais dû laisser la Seine l'engloutir.

*

L'eau coule dans le siphon, le temps file, le temps fuit, le temps vous fuit, il ne vous aime plus, c'est un train qui arrive en avance, avant l'heure, trop tôt, beaucoup trop tôt, c'est comme une marguerite effeuillée par une tempête, une rose pourpre et mignonne née le matin pour s'éteindre avant le soir.
Une rose rouge comme le sang qui mouille l'eau
L'eau qui s'écoule dans le siphon
Le siphon qui avale votre vie

Et pourtant on l'attend on lui donne son temps elle en abuse elle le dépense il faudrait l'économiser elle le jette par les fenêtres on lui en donne encore elle le gaspille toujours pas un mot de gratitude ni merci ni merde ni rien aucune reconnaissance rien de rien et pourtant, on l'attend. Vous n'avez plus de temps à perdre ! Vous n'avez plus le temps d'attendre.

Elle est en retard, comme d'habitude. Perdue dans le métro ? Dans le grand labyrinthe des couloirs obscurs infestés de crocodiles ?

La photocopieuse est en panne, comme la machine à café. Vous attendez le réparateur depuis deux jours. Vous n'avez plus de temps à perdre. Vous attendez Juliette depuis une heure. Vous n'avez pas le temps d'attendre. Saleté de photocopieuse. Son encre noire plein vos mains. Vous n'avez plus le temps.

Juliette... Picoleuse du dimanche... Elle est haïssable le lundi, méprisable le mardi, vous devriez ne pas y penser de la semaine plutôt que l'espérer chaque jour mais vous l'attendez encore aujourd'hui.

Où est-elle ? En tête à tête avec sa constitution fragile, à cuver son rhum blanc sur un strapontin ? Vous vous foutez de sa constitution, de toutes les constitutions, de toutes les lacérations et aussi des strapontins parce que... la terre ne va pas s'arrêter de tourner pour elle, et l'heure non plus. L'heure tourne, le temps n'attend plus, vous le regardez passer comme une vache voit partir le train.

Quelle immondice. Elle n'est pas une merde, c'est vrai. Mais elle y ressemble par la couleur. Et vous, vous êtes un lait caillé. Vous êtes avariée. Personne n'est jaloux de vous. Vos lunettes inspirent confiance, votre embonpoint vous vaut toutes les sympathies. Mais rien en vous n'éveille la jalousie et surtout pas cette prétendue maladie. C'est vrai, il y a vos seins. Mais ils sont faux. Tout est faux.

Juliette vous oublie toujours. Ses amnésies réveillent votre mémoire. Ses hypocondries concrétisent votre maladie. Ses plongeons dans l'oubli vous précipitent dans le souvenir. De vos sept ans. De vos douze ans. De... Vous détestez vous souvenir. Car de quoi vous souvenir, vous qui bientôt ne serez plus qu'un souvenir, avant de n'être plus rien du tout. Regretter votre enfance ? Vous êtes grande, maintenant. Le Père Noël c'était papa, la photocopieuse est en panne, la machine à café ne marche pas. L'enfance a disparu. Les globules blancs se meurent. Vous n'êtes plus une petite fille.

Vous avez la tentation de la nostalgie.

L'intimité chaude d'un journal où se vautrer. Regarder en dedans, de l'autre côté du nombril... Et découvrir que vous êtes un cimetière ambulant.

Juliette, elle, est si légère, toujours aérienne. Créature sylvestre momifiée dans un perpétuel printemps. Elle, rien n'est plus fort qu'elle. Elle se fout de tout. Iconoclaste qui connaît rien. C'est facile de brûler les icônes quand on est sans foi ni loi. Elle a la culture d'un oiseau et pas plus d'esprit qu'un conquistador devant un chef-d'œuvre inca.

Vous, vous avez rêvé de bleu, de mauve, de rose. Vous avez trouvé ces parfums dans l'école publique, où vous œuvrez. Mais l'école sent la lavande défraîchie, et les secrets mauves de votre enfance. Gauche aux relents de fruit pourri.

Oui, vous êtes grande. Tentée par la mélancolie. Comme vous aimeriez vous vautrer dans des pages blanches faciles à noircir. Les donner à lire au monde entier et clamer votre humilité. Vous jeter en pâture et jurer votre innocence. Vous donner à bouffer et fustiger tous les ego.

Mais il faut honnir le pathos. Prohiber la douleur. Mal-être, c'est mal.

Interdiction de souffrir même quand vous ne pouvez pas faire autrement. Sourire, dire comme la vie est légère quand on va bientôt mourir. Mourir sans grimacer. Pousser le dernier soupir sans crier. Enfouir son chagrin dans un placard doré, à côté d'une paire de souliers neufs et d'un bouquet de lavande. Écrire un faux journal, expurgé de globules et de sang contaminé. Un journal qui respire la joie de vivre ou l'humour décalé. Ne pas déranger ceux qui se croient encore immortels.

Le mal est un secret, un secret femelle, cacheté à la cire, scellé par une chape de plomb. Ève punie et muselée. Secret de famille, secret de femelle. Une femelle au visage de cire et au sourire figé. C'est la femme que vous devriez être. Cachée sous un voile. Retranchée sous un lifting. Vous êtes antipathique, anti-pathos, pulsion de mort et thanatos.

— Fais pas cette tête, Claire ! Ça t'enlaidit !

Juliette...

— Je suis un peu à la bourre mais c'est pas ma faute. Je me suis perdue dans le métro.

Juliette...

— Détends-toi. Tu es Professeur de Lettres Majuscules, mais quand même.

Juliette ?

— Oui ?

Je te souhaite un lit de mort aux soins palliatifs.

— Quoi !

Je reviendrai d'outre-tombe pour cracher dans ta gueule ouverte !

— Hein ?

Une petite serpe de faucheuse à la main, maman arrache les mauvaises herbes. Elles gâchaient la vue des jolies fleurs plantées autour des restes de votre père. Tombe nette et Claire, limpide comme un alibi. La mauvaise herbe finit dans un sac de plastique opaque. Elle ira jaunir à côté des vieux secrets desséchés de vos placards toujours dorés. Nuages sombres sous un ciel foncé. Jour de brume. Pluie sale.

Maman, et si j'allais mourir ?

Maman ne dit rien. Sa joue marbrée de rose se pose sur le marbre gris de la pierre tombale, elle communie avec son mort. Ces retrouvailles glacées réchauffent son cœur et réconfortent sa morale. Au cimetière, elle collecte tous les jeudis des intérêts posthumes et les porte à son crédit. Ils s'accumulent, ils prolifèrent, elle jouit d'un véritable pactole, elle est bien récompensée, elle, si peu dépensière, et qui soigna son capital à la sueur de ses larmes.

Toute larme mérite salaire, et même les larmes avares d'elles-mêmes.

Papa l'approuverait, sans doute.

Il était toujours d'accord avec elle de son vivant. Il continue dans la mort. Papa était déjà mort quand il était vivant. Alors vous vous demandez, pourquoi pleurer la morte qui est en vous ?

Tout cœur qui bat est une bombe à retardement.

Chez vous, le compte à rebours s'est emballé.

Sa petite serpe à la main, maman fauche les mauvaises herbes qui gâchent la vue de ses jolies fleurs.

Et vous, vous pourriez vous coucher sur la tombe de votre père, y passer la nuit, y finir votre vie.

ÉJECTIONS PRÉCOCES

Manifestement, cette clocharde n'en est pas une, même si elle se récure les ongles des pieds. C'est un mandrill qui montre son cul, mais sans intimidation. Ce mandrill, paraît-il, se fait appeler Madame Pas de Demande.

Débarquée un jour d'un néant quelconque, elle réside depuis cinq ans (paraît-il) sur un carton ondulé, au bas de l'immeuble de Claire. Ses effets personnels y sont alignés en rangées régulières, selon les lois rigides d'une maniaquerie compulsive. Domiciliée sur le trottoir par tous les temps, elle a perdu l'usage de sa langue, de ses yeux, de l'ouïe, de ses cinq sens sans doute. On dirait Claire. Et elle détourne ses yeux sans regard de quiconque voudrait lui parler, lui demander un renseignement ou lui offrir une petite pièce, ou même une cigarette.

— Pas de demande ! Pas de demande ! Pas de demande !

C'est un avorton de l'espèce humaine. Elle s'est avortée de la matrice qui l'a rejetée. Corps désormais étranger à l'humanité. Seulement, tous les jours à la même heure, elle se lave les pieds. Rituel qui, avec son obsession du rangement, la maintient dans la sphère des grands singes, malgré son obstination farouche de s'en expulser. Moi, je n'en suis pas encore là. Je n'en serai jamais là. Je mourrai avant, asphyxiée par un python puis dévorée par un crocodile paludéen en forêt inondée. Dépecez ce crocodile après ma mort et enterrez-moi dans les bras de l'Ogooué. Mais ne dites jamais à Claire où trouver ma sépulture. Elle viendrait cracher sur ma tombe.

En route, le jour se lèvera bientôt.

Le jour bâille encore, comme la réceptionniste de la mairie.

— Je viens, madame, réclamer un logement décent. C'est mon droit.

— On prend les inscriptions à partir de quatorze heures, mademoiselle.

— Je viens de la part de la Confrérie des Gens du Livre. C'est mon droit.

— Veuillez éteindre votre cigarette. C'est la loi.

Neuf heures à peine. Pourtant, une bande de sauvages assoiffés de logement sont assis dans le hall où ils semblent attendre quatorze heures. La réceptionniste me briefe. Chaque jour, le premier arrivé écrit son nom sur une feuille blanche et s'assied dans la salle d'attente, sa liste en main. Les suivants s'inscrivent sur cette liste autogérée, qui ne doit pas comporter plus de quinze personnes. Il est neuf heures à peine, et ils sont déjà quatorze.

— Si vous préférez aller pique-niquer, marmotte la secrétaire, c'est à vous de voir.

C'est tout vu. Par décret de la liste manuscrite au crayon papier, je suis intégrée au club des quinze, en dernière position.

Membres de la même société, siégeant dans le hall d'entrée de la mairie, nous nous jetons des regards de connivence, rassemblés par notre ennemi commun, le retardataire. Notre constitution, la liste posée sur une table basse sous notre surveillance collective, nous protège de lui. Le premier ennemi arrive à dix heures cinq, et tente d'adhérer au club des quinze, en inscrivant son nom sous le mien. Le numéro six lui arrache la liste des mains et je l'informe gentiment.

— Il n'est pas question d'élargissement.

Alliés contre nos ennemis communs, nous n'en sommes pas moins concurrents. Nous nous adressons des sourires aimables contrecarrés par nos regards défiants. Le HLM que tu gagnes est perdu pour moi. Durant les cinq heures que dure notre garde rapprochée, nous puisons tous à la source des apparences, et des bribes de conversations volées, pour nous faire une idée fausse, mais très précise, du profil des quatorze autres membres de la communauté.

Quatorze heures sonnent.

Le numéro un se lève et, solennel, remet notre liste à la réceptionniste, qui nous distribue des tickets selon l'ordre d'arrivée. Monsieur l'adjoint ne reçoit qu'à partir de dix-sept heures. Je suis le numéro quinze. J'ai largement le temps de sortir causer pollution avec les pigeons. Surtout pas. Mieux vaux visser mon cul à ce banc métallique jusqu'à dix-sept heures, on ne sait jamais.

Trois heures d'espérance.

Dix-sept heures trente, on reçoit le numéro deux. Je suis toujours le numéro quinze. Je passerai donc à trois heures du matin ?

Dix-neuf heures.

Les onze derniers candidats ont été expédiés en cinq minutes chacun, sauf le numéro treize, qui a tenu huit minutes. Éjections précoces. Éjaculations prématurées. Enfin, j'entre dans le petit bureau de l'adjoint et prends place sur une chaise éjectable. Et je le vois. Qu'est-ce que ce hippie à peine pubère fabrique dans un endroit pareil ? C'est ça, mon adjoint ? Je pose mon dossier sous son nez retroussé et soudain, je me souviens à voix haute.

— Laetitia ! Il est sept heures et la garderie ferme à six !

Un tableau morbide naît de mon effroi, mon bébé noyé dans ses larmes, mourant de faim au bord de la route.

— Excusez-moi jeune homme, mais je dois appeler les pompiers.

Je m'extirpe du bureau minuscule et mes forces m'abandonnent, je m'effondre sur le sol, sans témoins car je suis la dernière. L'adjoint reste cloîtré dans son bureau.

Mon hémisphère gauche cherche le numéro des pompiers. C'est un numéro à deux chiffres, j'en suis convaincue. Soyons méthodique et logique. Il suffit d'appeler tous les nombres entiers compris entre dix et dix-neuf.

Les boudins créoles qui s'agglutinent au bout de mes mains (je sais que ça n'est pas leur vrai nom mais je ne sais plus comment ils s'appellent) composent le premier chiffre des dizaines. Quand j'atteins le douze, les... renseignements ? je ne songe pas à demander le numéro des pompiers. J'arrive enfin au dix-huit. Un soldat du feu m'assure qu'on ne jette pas les bébés comme ça à la rue.

— Je vous promets que si, monsieur. Je peux en témoigner car j'ai personnellement vécu des expériences traumatisantes.

— Appelez la garderie, madame.

Je cherche le numéro de la garderie dans ma mémoire cérébrale quand, soudain, je me rappelle qu'il est enregistré dans ma mémoire téléphonique. Une sonnerie. Deux sonneries. Trois sonneries. Enfin la voix de Laetitia gazouillant sur les genoux d'Hélène. Je me confonds en excuses pour ce retard inadmissible. J'éclate en sanglots.

— Faut pas pleurer ! m'enjoint Hélène.

— Oh... Hélène... si vous saviez...

Oui, elle sait. Oui, elle comprend. Mais le jeune hippie municipal semble consterné comme un huissier assermenté. Yukiko se dévouera pour aller chercher sa petite sœur.

Achevons cet adjoint, un adjoint d'adjoint semble-t-il.

Il épluche hâtivement mon épais dossier. Une épluchure de choix vole dans sa main droite, un antique courrier adressé à la direction de l'habitat.

« Chers amis

Ceci est mon douzième courrier, avec avis de réception.

Souvenez-vous que Mme Claire Bouassida-Bauer est contrainte, **par votre faute**, de nous laisser sa chambre et son lit.

N'oubliez pas qu'elle dort avec son fils, dans un lit à barreaux pour enfant, malgré le risque évident de **pédophilie**.

Retenez encore que ma fille de deux ans a perdu ses rythmes de sommeil et a régressé au point de **redemander le sein** !

Apprenez aussi que ma fille épileptique présente **de** sérieux signes de fatigue.

De même, il a été démontré qu'au-delà de deux ans, l'allaitement était un frein à l'intégration des personnes étrangères d'origine non européenne.

Une demi-douzaine de certificats médicaux et autant d'études statistiques concernant ces risques circulent dans vos services et vous êtes renseignés sur ces dangers ! Si par malheur l'état de santé de ma fille aînée venait à s'aggraver ou si ma jeune cadette devait un jour **devenir une délinquante juvénile d'origine étrangère**, vous n'auriez pas tort de vous en juger responsables !

Je vous somme donc, chers amis, de m'adresser une proposition de logement dans les plus brefs délais ou il vous en cuira.

Juliette Ébinel »

Le hippie municipal replie la copie de cette lettre. Il me considère avec une grave sollicitude. Il exhale un long soupir de désolation. J'attise sa compassion.

— Ils me répondent toujours la même chose…

— Ce sont… hélas… leurs méthodes.

Il regarde sa montre avec discrétion. Muette, j'attends une proposition immobilière immédiate.

— Je suis veuve… avec deux enfants…

— Je comprends.

C'est un niais d'exception. Mais je supplie.

— Monsieur, je fais de l'urticaire géante, trouvez-moi un appartement.

Pour une fois que je peux mettre un nom sur une maladie constatée la nuit dernière par SOS Médecins.

— Je suis sous cortisone, monsieur. Mon ordonnance est renouvelable, et je pense ajouter cette pièce à conviction à mon dossier. Alors qu'avez-vous à me proposer ?

— Dix-neuf heures sont largement passées. La permanence doit fermer.

L'estomac de l'adjoint crie famine.

— Mais enfin, monsieur ! Je cumule les critères de priorité !

— Pardonnez-moi, me répond-il pour excuser les gargouillis de son estomac. Je suis outré du traitement de votre demande car, en effet, le logement social est calibré pour des cas comme le vôtre. Mais…

Il prend connaissance de mes relevés de droits d'auteur,

pièces authentiques, si authentiques que son visage grimace de pitié.

— Vos revenus ne sont pas très élevés… Vous avez bénéficié d'une bourse de six mille euros récemment… Malheureusement ce type de bourse ne constitue pas un revenu régulier. Quant à ces… ateliers d'écriture… ce sont des cours particuliers ?

— Je paierai ! Je vous jure !

— La ville de Paris se refuse à étrangler ses demandeurs de logement sous la pression d'un loyer trop élevé.

— Vous avez des quatre-pièces à moins de cinq cents euros !

— Tentez votre chance sur le marché privé.

Je voudrais le vasectomiser.

— Monsieur, vous entendrez parler de moi. Je connais du monde, moi.

Véronique boit mes paroles aux *Trois Petits Cochons*. Je suce du chocolat tanzanien.

— Ton Olivier ne t'a pas rappelée ?

— Manifestement, ce contrôleur fiscal n'en est pas un, Véronique. C'est une larve. Les larves ne savent pas utiliser le téléphone. J'ai plus qu'à me replier sur les petites annonces...

— J'évoquerais bien une nouvelle piste.

Sa piste s'appelle Josiane Dornier. Elle dirige la permanence sociale d'un ministère gauchiste, elle est la matrone d'un pool d'assistantes sociales dopées à la justice. Ce sont des redresseuses de tort impitoyables.

— Elles sont hyperactives, dit Véronique. C'est des teigneuses. Elles ont une vraie éthique, mais elles croulent sous les dossiers. Elles devraient quand même pouvoir t'aider.

Après une légère hésitation, elle prend cette bonne résolution.

— Je te donne le numéro du secrétariat de Josiane. Appelle de suite.

J'appelle. La secrétaire me fait répéter trois fois mon nom. Ensuite, elle voudrait bien, mais elle ne peut pas me passer Mme Dornier, en réunion comme tous les lundis. Et pour parler vrai, il y a tant d'olibrius qui appellent sur cette ligne téléphonique, surtout le lundi, ça commence à bien faire.

— Écrivez, on vous écrira, hurle-t-elle avant de me raccrocher au nez.

Témoin de cette injustice, Véronique implose comme une télévision maltraitée.

— Déni de justice !

Alors, elle commande un café. Et moi, je suce ma Tanzanie.

Après mûre réflexion, Véronique finit par me donner le numéro de portable de sa copine ministérielle. Je compose le numéro de cette femme probablement bionique, un œil de verre, sûrement. J'ai peur. Elle s'appelle Josiane... Ma prof de danse s'appelait comme ça. Elle était très méchante. Ma peur démesurée me change en eau saumâtre. Je suis une flaque d'eau qui a mal à la tête. Une voix énergique répond au téléphone.

— Allô ! dit-elle.

— Oui ? je dis. Qui est à l'appareil ?

— Et vous ! Qui êtes-vous !

— Je... j'ai un problème de logement et... oh...

Je m'écroule sur la table. Les yeux de Véronique dégorgent leur émotion moite. Misérable, j'entends Mme Dornier me parler avec douceur, tandis que le chocolat amer fond sur ma langue desséchée.

— Allons... Ressaisissez-vous..., me dit-elle.

Comment s'appellent ces étranges appendices qui terminent mes mains ? On dirait des boudins créoles.

— Excusez-moi, madame Dornier. Ils s'appellent des doigts.

— Et vous ? Vous vous appelez comment ?

— Je m'appelle Juliette. Je suis sous cortisone et antihistaminique suite à une crise d'urticaire géante.

Notre entretien s'achève par un rendez-vous le mois prochain, où, paraît-il, j'aurai à intervenir en qualité d'écrivain, pour libérer la parole d'exclus dans le cadre d'états généraux. Un groupe de parole, ce n'est pas ce que j'espérais, mais j'exulte.

— Oh merci... Vous savez... je suis sensible à la douleur humaine... Je sais combien les êtres souffrants manquent de soutien... d'écoute... et de logement.

Je raccroche. Véronique me félicite, chaudement. J'ai réussi à obtenir un rancard. C'est miraculeux, oui.

Je la quitte une demi-plaque de chocolat plus tard, et me traîne jusqu'à une de ces fameuses boîtes à journaux montée comme des échassiers carnivores.

J'en retire un *France-USA Contact*. Journal gratuit, mais j'ai l'impression de le voler. Quoi que je fasse, j'ai toujours l'illusion de voler.

Mon journal en poche, je rentre chez moi. Enfin... si on peut dire... Car arrivée sur le palier de Claire, je n'arrive pas à ouvrir la porte. Manifestement cette serrure n'en est pas une. C'est le cul d'une fourmi rouge qui porte des talons aiguilles. Allez faire tourner une clé dans ce genre d'orifice. Décidément, non, je ne suis pas la bienvenue dans la maison de Claire, malgré la couronne avenante et fleurie accrochée sur la porte. Claire m'ouvre, enfin. Je l'accable.

— Tu as changé la serrure ou quoi ?

— Absolument.

— Mais alors pourquoi tu m'ouvres la porte ?

Elle hausse une épaule. Puis l'autre. Et jette une enveloppe sur la table du salon.

— Ton courrier, dit-elle.

J'entre et dédaigne mon courrier pour prendre possession du vieux sofa couché dans le salon. Le Négrita déferle dans ma gorge, les pages du *Fusac* défilent sous mon index humide. Rubrique « For Rent ». À louer. À louanger. À glorifier. Je glorifie les petites annonces immobilières.

Petites annonces, pièges à cons, donnez-moi un petit meublé, c'est ma dernière chance. Donnez-moi une maison en briques rouges, Monsieur le Comte de Perrault, et ressuscitez Luc.

Claire apparaît dans l'embrasure de la porte. Elle me toise derrière ses lunettes posées de travers sur son nez. Elle regarde mon nombril.

— Ne te masse pas l'ombilic comme ça, Juliette, tu m'énerves.

— Mon foie se meurt, Claire. Laisse-moi souffrir en paix.

— Quand on crève du foie, Juliette, on ne sent rien.

Quelle horreur. Mon foie ourdit contre mon organisme en silence et dans l'ombre de mon système digestif. Je me réfugie au fond du sofa et dans ma bouteille de Coca. Les pages de mon journal tournent. Je n'arrive pas à me concentrer sur les annonces. Mon foie m'obsède.

— Je vais me coucher, m'agresse Claire.

— Mesure tes paroles, Claire, car tu es ma créature et je ferai de toi ce que bon me semble.

— Va cuver ton rhum, tu es toute ronde.

— Je n'ai jamais eu de problème de poids, moi.

Claire, elle, a bien dix kilos de trop. Dont au moins deux dans les seins de Benoît. Une ombre pâlit son étrange regard. Un regard verdâtre.

— Bonne nuit, Juliette.

— Je te ferai percer par un crotale, Claire.

Elle me fusille de ses regards outragés.

— Si tu as mal au foie, Juliette, ne te masse pas l'estomac. Le foie, c'est plus à droite.

— J'ai probablement une cirrhose, Claire. D'ailleurs, je suis jaune depuis quelques jours, c'est bien la preuve, non ?

Je ne peux plus me regarder dans le miroir, tant je suis jaune, alors laisse-moi.

— Tes maux sont imaginaires, Juliette !

— Quel mal y a-t-il à avoir mal, Claire ? Tu n'as jamais mal, toi ?

Et je brandis le *Fusac*.

— Ne t'inquiète pas, va. Je vais bientôt déménager. Tu n'avais pas besoin de changer la serrure.

Elle rougit.

— Si tu ne veux plus habiter ici…

— Je n'habite pas, Claire, c'est toi qui m'habites.

— Fais tes valises !

Et elle file dans sa chambre en claquant la porte.

J'ouvre, enfin, mon courrier. Une lettre du bureau du logement ?

Madame,

J'ai l'honneur de vous faire connaître que les chaussettes de l'archiduchesse sont sèches, archisèches.

Compte tenu de votre changement d'adresse, tout va très bien Madame la Marquise, tout va très bien, tout va très bien.

Il vous appartient donc de vous présenter à la mairie de votre domicile.

Munissez-vous des pièces dont la liste figure en annexe à cette lettre, car j'ai du bon tabac dans ma tabatière.

Je vous prie, Madame, chabadabada chabadabada, d'agréer l'assurance de ma députation consternée.

Pour l'Attaché Principal d'Enculage

Chef du Service Diurétique des Demandes de Logement

Le Secrétaire Laxatif

Christine Serfouette, outil de jardinage.

Je replonge dans mon Négrita. Me réfugie auprès de mes petites annonces. Écossons, écossons les annonces, vive l'Écosse.

AVORTONS
DE L'ESPÈCE HUMAINE

Juliette se tortille dans votre canapé.

— Je libère la parole des exclus aujourd'hui... Tu veux m'accompagner ?

C'est pour la bonne cause, vous dit-elle. C'est des États Généraux. Mais elle n'y comprend rien, à ces États Généraux. Alors elle vous supplie de lui expliquer ce qu'est un état général, d'une manière générale. Un état général, lui dites-vous, c'est des États Généraux. Des réunions avec le roi, les nobles, le clergé, le tiers état. Ces réunions, ajoutez-vous, c'est une coutume moyenâgeuse.

— Ce groupe de parole, Claire, ça te ferait du bien, même si c'est moyenâgeux.

Vous marmonnez que le moyen âge a quarante-deux ans. Le moyen âge, c'est vous.

— Qu'est-ce tu as Claire ? Je pue de la gueule ou quoi ?

Non, lui dites-vous. Et si elle veut vraiment savoir, les États Généraux les plus connus, c'était en 1789, quand vous n'étiez pas née.

— 1789 ? Quand ils se sont entre-tués ? C'était épouvantable. Alors viens avec moi. Ce sera une bonne action. Tu comprends, Claire, moi, je suis une philanthrope contrariée, ou une misanthrope éclairée, mais enfin les bonnes œuvres, la charité, c'est toi.

Vous seriez donc une misanthrope authentique, celle qui se prend pour une philanthrope. Vous ne dites rien. Mais vous n'en pensez pas moins. Car c'est faux, parfaitement mensonger, diffamatoire même. Non, c'est fini, même s'il s'agit de Juliette, et pour autant qu'elle habite réellement chez vous, et si, vraiment, c'était le cas, alors, le mépris est silencieux, alors non, pas de communication avec cette Juliette, vous n'avez plus de temps à perdre avec ses niaiseries.

Vous la laissez finalement vous entraîner vers ses États Généraux...

Il paraît que ça pourrait l'aider à trouver un logement social. Parce que franchement, votre piston avec le père de Jordan Grandet, elle n'en veut pas.

Vous arrivez au ministère. À l'accueil, la carte de séjour de Juliette lui permet d'établir son identité. L'hôtesse lui semble si sympathique, elle pleure sur son épaule.

— J'aurai du mal à renouveler mes papiers si je ne peux justifier de revenus décents et de loyers acquittés.

Ils l'embarqueront dans un charter, pieds et poings liés, mais elle trouvera bien le moyen de prendre le pilote en otage et de faire crasher l'avion. Pour l'heure, elle n'est qu'un pantin désarticulé qui gravit péniblement les immenses marches d'un escalier vertigineux.

Trois étages plus haut, elle rampe dans le couloir. Le fossile que vous êtes vaut bien ce mollusque hermaphrodite. Vous arrivez enfin devant une porte où une affiche annonce « Salle des Menus Plaisirs ». Deux hommes sont assis à l'intérieur. Le premier arbore une calvitie totale et une cigarette. L'autre une petite moustache et un complet gris, sans doute emprunté à un aïeul. Il croise les bras gravement. Le premier dit s'appeler Roland.

— Mais vous pouvez m'appeler Cloche Man : j'ai quarante-sept ans d'exclusion.

Il s'adresse à vous deux mais n'a d'yeux que pour Juliette,

évidemment. L'autre, petit et rabougri dans son vieux complet gris, regarde vos seins intensément.

— Bonjour, moi c'est Moussa. J'ai fait garçon coiffeur, serveur, guérisseur et veilleur de nuit en centre d'hébergement d'urgence. Je suis séropo, et togolais.

C'est surtout le sein droit qu'il regarde.

— J'étais marié, reprend-il, mais heureusement je n'ai pas contaminé ma femme : elle est morte d'un cancer l'année dernière. Ce n'était pas ma faute.

Pourquoi vous regarde-t-il comme ça ? Quant à Juliette, tout lui revient avec clarté.

— Il s'agit d'un doigt. Je m'appelle Juliette et je suis sous cortisone et antihistaminique suite à une crise d'urticaire géante.

Vous ouvrez la bouche pour délivrer votre identité et taire cette maladie. Juliette vous devance.

— Claire m'assistera pendant l'état général.

Il n'a jamais été question de ça !

La Salle des Menus Plaisirs se remplit et Juliette se décompose. Ses yeux moites cherchent une gourde secourable qui voudrait bien déverser une ou deux gouttes d'alcool dans sa gorge desséchée de trouillarde. Par dépit, elle plonge dans un gobelet de plastique plein de jus d'orange reconstitué.

Ainsi donc s'ouvrent ces États Généraux. Louis XVI entrera bientôt en scène, accompagné de son ministre. Vous les attendez. Quelqu'un paraît. Une femme, non asiatique bien qu'elle ressemble au docteur Tokuda.

— On dirait une coccinelle, vous souffle Juliette.

La bête à bon Dieu ferme la porte. Le groupe est au complet, neuf personnes.

— Je suis Josiane Dornier, dit la coccinelle. Je suis très

heureuse de vous avoir tous parmi nous. C'est un bonheur inexprimable pour moi de vous recevoir ici, au ministère.

— Moi aussi, dit Moussa, car le ministre, je l'emmerde.

Mme Dornier sourit. En son temps, raconte-t-elle, des révoltés de tous bords et de tous horizons fondèrent cette association dénommée Pour des États Généraux de la Société. Ils voulaient étaler au grand jour la misère galopant sous le fouet du libéralisme sauvage, cette maltraitance des usagers qu'on n'écoutait plus, celle des assistantes sociales muselées et impuissantes, une maltraitance mielleuse, sucrée, orchestrée par un État cynique et grinçant.

Grinçant... comme le virus du sida. Il faudrait trouver les moyens de remédier à ce cynisme, arrêter ces grincements. Mais le sida est incurable. Qu'est-ce que vous voulez, il faut mourir avec, c'est comme ça.

— Pour tout dire, reprend Mme Dornier, ma hiérarchie voit d'un assez mauvais œil ce qui se passe ici, mais ils sont obligés de laisser faire.

— Et on les emmerde, ajoute Moussa.

Elle a l'intention d'organiser toutes formes de rencontres, partout, et peut-être même nulle part.

— Vous êtes, dit-elle, des témoins précieux... Tous, vous connaissez des situations dramatiques pour lesquelles il n'existe aucune assistance digne de ce nom.

Elle vous enlève les mots de la bouche.

Une goulée de jus d'orange n'a pas traversé sa luette que déjà, elle reprend la parole.

— Avant de commencer, je voudrais remercier Juliette, qui est écrivain exclu, et qui, je ne sais pas comment encore, va nous aider à écrire nos expériences au fur et à mesure.

— Bonjour, dit Juliette. Je suis veuve. Et je suis sans logement.

Elle retient une larme et reprend.

— Claire m'a expliqué l'histoire de la monarchie et comment vos États Généraux avaient balayé tout ça.

Mme Dornier vous gratifie d'un large sourire. Juliette paraît électrisée.

— Si j'ai bien compris... Claire, tu me reprendras si je me trompe... il y avait trois ordres dans la société médiévale, car le trois est sacré.

Vous protestez. Car vous n'avez jamais dit que le trois était sacré. Soudain, elle s'affaisse.

— J'ai mal au foie, mugit-elle.

Elle demeure immobile, comme morte.

— Je vais devoir vous confier Claire.

Vous n'êtes pas sûre d'avoir bien entendu.

— Vous êtes travailleur social ? vous demande Josiane.

En quelque sorte, approuvez-vous. Vous êtes professeur.

— Et quel est votre problème, Claire ?

Vous n'avez pas de problèmes ! Vous n'êtes pas particulièrement exclue, ça se voit, non ?

— Ça se voit ? vous fait Moussa. Qu'est-ce qui se voit ? Moi, je suis séropo, mais c'est pas écrit sur mon front que je sache, même si tout le monde pense que les sidaïques sont de grosses salopes qui se sont fait troncher à droite et à gauche.

Vous ne dites rien. Mais les grosses salopes, vous vous en foutez. Vous n'êtes pas une salope, vous n'êtes pas grosse, qu'ils respectent votre intimité, pourquoi Juliette vous regarde comme ça ?

— Claire souffre de troubles obsessionnels compulsifs, dit-elle.

Elle parle si fort. Ça vous donne la nausée.

— Et moi, ajoute-t-elle, j'ai toujours mal au foie... Permettez... que je me retire.

Elle se relève et rampe jusqu'à la porte. Arrivée à bon port, elle se retourne, les yeux humides.

— Je promets de revenir aussitôt mon foie rétabli.

— La prochaine séance aura lieu mardi prochain, l'informe Mme Dornier.

Et elle s'en va. De la bile squatte votre estomac et soulève votre cœur. Vous vous excusez, juste un instant, et rejoignez Juliette derrière la porte. Vous vous disputez calmement. C'est votre parole qu'elle veut libérer, c'est ça ! Vous sauver de votre faillite personnelle ! Vous humilier devant tout le monde !

— Mon foie se meurt, Claire. Je souffre. J'ai mal... J'étouffe...

Elle vous remet une petit cahier et un stylo.

— Retourne avec eux, Claire... Apprends à partager la parole nom de Dieu !

Vous protestez, sourdement. Vous la suppliez de rester. Elle ne peut pas vous laisser seule !

— Je vais m'évanouir, Claire ! Tu ne pourras pas dire que je ne t'avais pas prévenue !

Le mollusque s'éloigne. Il disparaît dans l'escalier. Qu'elle y tombe, qu'elle y brise sa nuque caoutchouteuse. Juliette évaporée, vous retournez à la Salle des Menus Plaisirs. Vous ouvrez votre petit cahier et vous agrippez à votre joli stylo. Le contact de la page blanche vous rassure. Vous attendez. Vous attendez leurs paroles. Qu'elles taisent vos silences. Qu'ils apaisent vos douleurs en étalant les leurs.

Freha, qui triture une mèche de ses cheveux embroussaillés, laisse des souvenirs affluer, dans le désordre. Les seaux d'eau qu'elle remplit sur le palier, les moisissures aux murs, les infestations de cafards. Sa fausse-couche. Comme vous. C'était sa deuxième grossesse. Vous aussi. Elle a de l'arthrose cervicale. Pas vous. Deux opérations chirurgicales pour une hernie discale. Oui, mais est-ce qu'elle a le sida, elle ?

Xavier.

Assistant social. Ancien séminariste. Tiens. Un représentant du clergé. On dirait votre médecin de famille.

— Je préfère passer la parole pour le moment, dit-il.

Isabelle.

Vingt-cinq ans dans la même boîte puis accident de travail. Coccyx et sacrum cassés, blessures graves aux mains. Licenciée. Indemnités refusées.

— J'en ai vu des assistantes sociales. J'ai eu des paroles crues. Du genre… Nous ne sommes pas des tiroirs-caisses.

Est-ce qu'elle a le sida ?

Roland.

Assistance publique à trois ans. Enfance martyrisée. Alcoolique. Il sort de prison. Et il rit. Il rit beaucoup. Il n'arrête pas de rire.

— J'aime les femmes !

Sida ?

Samir.

Handicapé à 60 %. Quatre enfants. Allocation Handicapé Adulte.

— Quel jour on est ? Lundi ? Ah oui… Lundi…

Moussa.

C'est un joli Monsieur ce Moussa, malgré son complet gris et sa mine rabougrie. Dommage qu'il soit séropositif.

— J'ai cherché de l'aide partout. Mais quand on écrit, ils vous demandent de vous déplacer et quand on se déplace, ils vous demandent d'écrire.

Mais pourquoi il ne parle pas du sida ?

Vous ramenez tout à vous. Il faut toujours que vous rameniez tout à vous. Votre égoïsme vous est insupportable, mais enfin, il fait partie de vos engagements, vous avez donné cette parole aussi, parole facile à donner, impossible à reprendre, mais voilà, aujourd'hui vous le payez, vous n'arrivez pas à vous intéresser aux autres, seulement à les envier ou à vous apitoyer sur eux, à vous y comparer aussi, et vous n'êtes pas foutue de dire Je.

Roland encore. Roland aime la vie. Il s'aime aussi. Trop. Aimer sa vie, un peu beaucoup, passionnément, pour sauver le monde de sa folie. Vous n'aimez pas votre vie, vous n'aimez pas le monde, personne ne vous aime, surtout pas Je.

Faut-il entrer dans la douleur pour en sortir ?

— Tu devrais mettre un soutien-gorge, Juliette. Ta blouse est transparente.

— Et toi, Claire, tu devrais changer de soutien-gorge. Il comprime tes obus, ton soutien-gorge. Tes nibards ont encore gonflé.

Claire vérifie la bonne tenue de sa poitrine et tourne les talons.

Je m'allonge, le foie ravagé, et la tête endolorie par cette équation terrifiante : Zéro livre + Zéro appartement = La tête à Juliette. Lamentable.

Le soleil me nargue derrière la vitre. Mais je ne suis pas au bout du rouleau. Le bout du rouleau est une imposture. Car les rouleaux n'ont pas de bout puisqu'ils tournent sur eux-mêmes.

Écossons, écossons, vive les kilts.

Charmant deux-pièces meublé de vingt-quatre mètres carrés, calme et lumineux, mille cent cinquante euros.

Une douleur aiguë se localise dans le lobe gauche de mon cerveau. Amnésie. Comment s'appellent ces longs os fins recouverts de chair fripée et d'ongles carrés ? De longs appendices qui habitent au bout de ma main ? Ça me reviendra, quand ils auront composé ce numéro de téléphone. Brûlures dans la boîte crânienne. Voix bourrue au bout du fil. Mes occipitaux souffrent le martyre et mes oreilles bourdonnent, mais je me souviens : l'objet articulé soumis à mon hémisphère droit s'appelle un doigt. On dirait un boudin créole. Dire que c'est un doigt.

— Allô, dit le propriétaire du cube aux vingt-quatre mètres carrés.

Tout me revient. Il s'agit d'un index, et même du mien.

— Allô ! répète la voix.

— Je suis ambidextre, lui annoncé-je.

Et je lui raccroche au nez. Chassons tous nos regrets. Il était sans doute charcutier à la retraite, frustré de n'avoir plus de veaux à désosser. L'amiante infestait probablement l'appartement de ce carnassier. Sans parler du plomb. C'était un mangeur d'hommes, je l'ai échappé belle. Et l'heureux propriétaire de ce deux-pièces sis au premier étage d'un immeuble en fond de cour, à quelle espèce appartient-il ?

Voix d'une précieuse ridicule au bout du fil. J'incarne une célibataire charmante et distinguée, arrivant de l'étranger, en quête d'un petit meublé. Ne pas parler d'argent car il n'est pas un problème évidemment. Mme Tripier me fixe un rendez-vous dans la cour de son immeuble à quatorze heures, à un jet de pierre de l'École militaire.

Se déguiser.

Claire me prêtera une magnifique veste Agnès B. Une veste en peau de vache. Elle est jolie, sa peau de vache Agnès B. Une vache noire. Des mois que je ne l'ai pas vue sur ses épaules. Elle est belle sa veste. Vraiment, elle devrait la mettre plus souvent.

— J'aurai cet appartement, Claire.

— Mets un soutien-gorge, pour commencer.

— Tu ne veux pas que je parte, Claire, mais je partirai quand même. Tu es une grande fille maintenant, tu as quarante-deux ans.

— Certainement. N'oublie pas l'atelier d'écriture à quatre heures et demie. Tu as intérêt à être à l'heure au lycée, cette fois-ci.

— Tu manques d'imagination, Claire.

Moi, je n'en manquerai pas. Ne pas parler d'argent car il n'est pas un problème. Ne pas parler de Luc car il n'est plus un problème. Ne pas parler des enfants car ils poseront un problème. C'est simple. Poulet aux hormones élevé en batterie, j'arriverai bien à me faire passer pour une volaille de basse-cour nourrie au grain. D'ailleurs, je suis née dans une basse-cour. Mais il n'y a plus de grain.

— Comment on va d'ici à l'École militaire, Claire ?

— Ligne treize jusqu'à Invalides et ensuite la huit. Après ton rendez-vous, tu prends le RER pour me rejoindre au lycée. Au fait... tu devrais changer de pantalon.

Mon pantalon s'effiloche. Les poulets fermiers ne portent pas de vêtements usagés. Rien d'autre à me mettre que cette abominable tulle noire, mes habits pourrissent dans un garde-meubles, à Nanterre.

— J'irai comme ça, élégante et négligée. Ce pantalon, j'ai très bien pu l'acheter prématurément vieilli, pour me donner un genre.

— Le genre genevois ?

— Le genre poule d'avant-garde. Dis-moi, avant que j'oublie, tu saurais pas comment on fait pour aller à l'École militaire ?

Claire m'avait bien expliqué — elle enseigne toujours, en particulier le français, et surtout à Honoré de Balzac —, mais j'ai oublié son itinéraire pour rejoindre l'École militaire en métro.

Assise sous un abri, j'attends un bus, n'importe lequel.

Mon vieux pantalon genevois m'accompagne ainsi qu'un vrai passeport non européen. Il faut savoir que j'ai trois passeports, dans la vie.

Le tonnerre maintenant... Il me gronde. Et la foudre se déchaîne sur moi. J'attrape mon Coca. Plus de Négrita. Mes mains s'agrippent au sac plastique où dort le seul ouvrage que j'ai jamais publié. *Le Fantôme amnésique.* Mille exemplaires tirés de ce chef-d'œuvre méconnu. Quatre cent soixante vendus.

Il pleut. Le ciel sort de ses gonds, la Seine sort de son lit. Des pythons s'enroulent dans les branches des sorbiers. Le bus arrive. Quittons ces marécages.

La pluie s'arrête quand je monte dans le bus, il n'y a pas de hasard. Je m'assieds sur une chaise solitaire et, bientôt, nous atteignons Montparnasse et sa tour amiantée. Je descends. Tout proche, le cimetière m'appelle. J'entends le ululement du crocodile. À moins qu'il ne s'agisse d'une chouette qui me signale la présence d'un boa. Je cherche une correspondance pour l'École militaire. Étrangement, il ne pleut toujours pas.

Je suis en retard.

Elle aussi.

Je l'attends devant une lourde porte cochère sans fiacres ni cochers. Deux fois centenaire, cet ouvrage de bois massif arbore une peinture neuve, vert foncé comme une feuille prématurément morte. Rien en cette porte n'évoque la chlorophylle ou l'oxygène, elle est vouée à la fermeture. Ce vert obstinément funéraire interdit toute confusion avec la couleur de l'espérance. Du vert-gris. Ça donne envie.

— Bonjour. C'est vous mademoiselle Ébinel ?

C'est elle. Ses nichons misérables sont rembourrés par un Wonderbra. C'est une fausse blonde. Son sourire innocent ment comme sa blondeur candide, ses dents longues révèlent un instinct de tueuse mal lavée.

Premier étage sans ascenseur, m'annonce-t-elle. Le vieux bois délavé de l'escalier pourrit comme une aristocratie désargentée. Une porte blindée s'ouvre sur un faux deux-pièces. Sous le masque de l'appartement lumineux apparaît un sombre studio aménagé comme une garçonnière honteuse. Une paroi vitrée le coupe en deux. Au centre d'une chambre naine et aveugle, un grand lit mange le volume, lit gourmand pour chambre de gloutons. Reste le mignon salon, espace résiduel après soustraction d'un renfoncement à gauche, la cuisine. Y ajouter une petite salle de bains. D'un blanc chirurgical, l'appartement a été repeint au noir, par un manant qui a négligé l'enduit et la deuxième couche de peinture. Effet de surface très crédible.

Elle ouvre mon passeport. Le numéro deux.

— Vous avez trente-cinq ans? Vous semblez à peine sortie de l'adolescence.

Certes, ma croissance s'est interrompue le 19 février 1984. Mon demi-périmètre fessier ne dépasse pas 53 cm. Mon âge mental se hisse à peine jusqu'aux quinze ans et trois mois. Mais enfin quand même, les crocodiles me craignent et me respectent.

— Vous êtes née en Belgique, dit-elle d'une voix traînante.

Aristocrate par alliance, elle me trouve éminemment sympathique; elle s'imagine mon père car elle croit connaître ces diplomates africains écumant la vieille Europe pour fabriquer du café au lait, du lait des Alpes suisses en ce qui me concerne. Comble de la distinction, je suis torréfiée dans une clinique belge. Sa famille est disséminée de par le monde, comme la mienne. Mais le fond de ses yeux secs encadrés de ridules luit d'une avidité insatiable, béance de gourmandise qui s'élargit à mesure qu'elle se satisfait. Mon appétit est ailleurs.

— Je suis auteur. J'habitais Genève jusqu'à la semaine dernière mais mon roman marche plutôt bien... Mon éditeur souhaite que je m'installe à Paris.

— Il me semble vous avoir déjà vue à la télé, ment-elle.

Oui, elle ment, car je ne suis jamais passée à la télévision, même pas sur une chaîne régionale. La couverture du livre, pourtant, lui plaît. Un vieux rose velouté, agréable au toucher, d'une sobriété raffinée. Un mauvais sort dissipe les effets de l'enchantement.

— Vous m'avez apporté un dossier?

Je répète telle une Helvète niaise et candide.

— Un dossier?

— ... Vos papiers d'identité, trois justificatifs de salaires, avis d'imposition des deux dernières années... On peut aussi vous demander une caution.

Au cours de ma longue quête dans le locatif non meublé, je n'ai jamais réussi à produire ces pièces sans tricher. Mais mon travail de faussaire n'a jamais porté ses fruits. Je manquais de talent dans la contrefaçon. J'espère me montrer plus douée dans la pêche au locatif saisonnier. Alors, j'écarquille mes yeux innocents de biche africaine et je balbutie avec candeur.

— Je suis désolée... j'ignorais que...

— Je vous accorde que la France est un peu... comment dirais-je... paperassière.

— Vraiment? Je l'ignorais. Je suis confuse. Bien entendu, tous les papiers que vous demandez, je les ai.

Elle hoche la tête. Je mens, effrontément.

— J'arrive de Genève et mes affaires personnelles sont

au garde-meubles, là-bas. Je ne peux pas tout rapatrier en France avant d'avoir trouvé un appartement. Mais... j'anime des ateliers d'écriture et je touche pas mal de droits d'auteur.

Une douce moiteur dans son regard.

— Il est vrai que les conditions dont je vous parle s'appliquent plus particulièrement aux baux vides : des contrats de trois ans... les propriétaires doivent se prémunir contre les abus de certains locataires. Vous n'imaginez pas toutes les tracasseries qu'on nous fait pour expulser les mauvais payeurs. Des années de procès, sans compter la trêve hivernale.

Expulser. Toujours expulser. Pousser dehors avec violence.

— J'ignorais ces détails. C'est sordide.

— Vous n'imaginez pas.

Ses narines frémissent d'une hésitation molle.

— Écoutez... J'ai encore quelques rendez-vous. Vous comprenez que je ne puisse pas prendre une décision comme ça... dans la minute. Je vous rappelle. D'accord ?

J'accepte sans un mot le durcissement de sa position, et me mets à la porte.

Un homme monte dans l'escalier, le regard perdu, une mine de chien battu, l'allure d'un réfugié bosniaque bâtisseur de squat. Erreur grossière. Mme Tripier lui annoncera, avec un sourire sincère, que l'appartement est déjà loué. Elle redoute ces gitans qui d'honnêtes studios font les plates-formes de trafics réprouvés par sa morale.

Avec sa gueule de garçonnière, ce faux deux-pièces ferait en effet l'affaire d'un proxénète assermenté. Mais le pauvre type que je croise dans l'escalier peut à peine s'offrir des travailleuses du sexe édentées. Bosniaque ou pas, sa sale gueule n'est pas le pire objet du délit. Sa plus grande faute est d'être accompagné d'un enfant. En bas âge. Les enfants sont une entrave à l'expulsion locative des mauvais payeurs. Quel nigaud. Il aurait fait meilleur effet avec un pitbull.

Je repars vers le métro. Faut pas traîner. Comment elle avait dit déjà, Claire, pour la rejoindre au lycée ? Ligne huit, ou treize ?

Claire se hisse sur un tabouret pour nettoyer le sommet d'une armoire. Elle a passé sa journée à briquer, à balayer, à aspirer. C'est sa manière de célébrer le dimanche. Et de taire sa rancune. Oui, elle m'en veut encore d'avoir loupé l'atelier d'écriture l'autre jour.

Moi, j'ai fêté le jour du Seigneur en appelant la famille. Mais manifestement, ma sœur n'en est pas une. C'est une vipère du Gabon, qui m'a piquée. Comme si le venin de Claire ne suffisait pas. Il faudrait ouvrir ces deux serpents sur toute leur longueur, puis arracher, juste sous leur foie, la poche à fiel.

Certes, Claire ne m'aime pas. Certes, je voue à ma sœur cadette, et depuis toujours, une affection fratricide, et réciproquement. Mais enfin quand même. Était-ce une raison pour me raccrocher au nez ?

— Pose ce verre de rhum, Juliette.

— Je ne suis pas enrhumée. J'ai juste le hoquet.

L'air empeste d'une haleine alcoolisée. Cette émanation nauséabonde s'exhale de mon nez. Elle n'est pourtant pas issue de mes poumons. Je le jure sur la tête de ma sœur. C'est un souffle paranormal.

— Je vais prendre une douche, dit Claire.

— Fais comme chez toi.

Le téléphone sonne. Tu peux bien rappeler, ma sœur, je ne te répondrai pas. Le téléphone pleure. Le téléphone supplie. Le téléphone meurt. Qu'elle crève avec lui. Oui, c'est ma sœur. Mais c'est un rebut. Car ma famille nucléaire est un petit champignon atomique. Ma mère s'est exilée en Islande où la terre s'accorde avec son tempérament d'ourse. Mon père s'est préservé de la ménopause en quittant l'ursidée à l'aube de la cinquantaine. Ma belle-mère s'acharne dans la procréation mais sa stérilité semble irréversible. Quant à moi, je suis radioactive de naissance. Les uns et les autres (sauf ma mère), nous glosons sur la solidarité familiale. Mais tout montre combien nous ne nous aimons pas. Le téléphone encore ? Tu vas m'entendre, ma sœur.

— Églantine. Ne m'aime plus. Aime ceux qui t'aiment.

— C'est le docteur Tokuda à l'appareil. Comment allez-vous ?

— Ah ! docteur. Si vous saviez... Personne ne veut m'aider... J'ai besoin qu'on m'aide, moi...

— Enfin ! J'en suis très heureux. Vous... vous allez bien ?

— Quelques problèmes familiaux. Sinon, vous voyez...

— Avez-vous pris une décision ?

— Une décision ? Oh... De toute façon, je peux bien crever, tout le monde s'en fout, alors...

— Encore une fois, ne vous laissez pas abattre. Regarder sa maladie en face, Claire, c'est l'accepter, et l'accepter, c'est accepter de se soigner. Vous n'êtes pas malade, Claire. Vous êtes séropositive.

— Je suis quoi ?

— Laissez-moi vous aider, Claire.

Et tout devient clair. Comme de l'eau de roche. La moutarde me monte au nez. La moutarde me pique les yeux. Ça pique, ça pique, c'est inimaginable ce que ça peut piquer. Pourquoi elle ne m'a rien dit ?

— Vous pleurez, Claire ? C'est bien. Mais... voyons-nous... il est plus que temps.

La moutarde s'apaise, mais le cœur s'étourdit.

— Claire est couchée, monsieur Takodu.

Un court silence, gonflé d'inquiétude.

— Qui est à l'appareil ?

— Je croyais que vous étiez son psychothérapeute. Elle ne m'a rien dit pour... Elle me prend pour une merde, docteur Takodu, un rebut...

Le rouge lui monte aux joues, sans doute.

— Je suis le docteur Tokuda, dit-il en détachant bien chaque syllabe. Et vous...

— Juliette, Constance, Waura Ébinel. Je suis le paillasson de Claire.

— Oh... c'est vrai... vous êtes la veuve qu'elle héberge, n'est-ce pas ? Pardon de vous avoir confondues mais... vous n'avez pas d'accent. Je... je croyais que vous étiez africaine ?

— Rappelez demain, docteur Takodu.

— Tokuda... C'est Tokuda... Je suis confus... confus... mais confus... très confus...

— Ne craignez rien. Je ne dirai rien à Claire. C'est juré.

Je lui raccroche au nez.

Les toilettes m'appellent.

À genoux devant la cuvette, je n'arrive plus à me relever. Je suis captivée par la litière du chat, un chat mort depuis longtemps, un chat que je n'ai pas connu, et que Claire n'a pas le cœur d'oublier. Mes jambes ne répondent plus. Je ne suis plus bipède. Il faut dire que les moules ne l'ont jamais été.

Je vomis.

— Claire ne vient pas aujourd'hui ? me demande Josiane Dornier.

— Elle est restée couchée ce matin.

— Elle est malade ?

— Une petite fièvre, j'imagine.

Moussa, toujours ancien garçon coiffeur, et toujours séropositif, semble regretter l'absence de Claire lui aussi. Car sa dernière contribution au groupe de parole a été appréciée. Démesurément. Pourtant, s'ils lui ont bien parlé, elle ne leur a rien donné de ses secrets. À moi non plus. Ont-ils à ce point apprécié son avarice ?

Second rendez-vous, donc, au ministère, sans Claire. Mêmes acteurs. Moussa, sa moustache et son complet gris, Roland et ses quarante-sept ans d'exclusion, Freha et ses cheveux désordonnés, Isabelle et son coccyx abîmé. Il manque Xavier, le séminariste, et Samir, le chronophage, qui ferait le sitting à la mairie pour obtenir un relogement.

Josiane introduit la séance par la lecture de quelques extraits des lettres reçues dans la semaine au ministère.

Ici, une femme. Elle entretient correctement son logement, il est bien assuré, elle est toujours là quand passe le plombier, elle a demandé un relogement moins cher, l'OPAC refuse à cause de sa dette locative.

Là, un homme. Il lui est impossible, Monsieur le Ministre, de répondre favorablement aux offres d'emploi tant qu'il dormira sur le trottoir.

De ce côté, Monsieur le Député, beaucoup de voisins sont de notre avis.

Là-bas, une mère. Son fils de 19 ans au moment des faits a commis un meurtre sur un jeune de 17 ans, en avril 1998.

— C'est bien, dit Moussa.

Josiane continue. Tranches de vie partagées entre nous. Vies tranchées dans le vif.

Ici, Monsieur le Président de la République nous envoie vers le préfet des Landes, mais nous n'avons pas été aidés les deux précédentes fois où il lui a demandé de le faire.

Là : Ma situation s'est dégradée, Madame le Sous-Préfet.

De ce côté, suite à deux opérations chirurgicales, on a déposé un dossier de regroupement familial pour faire venir sa chère femme auprès de soi et savourer notre bonheur.

Là-bas en revanche, cette tante, âgée de soixante et onze ans, étant en fauteuil roulant, a été expulsée de son habitation par un huissier.

Relents d'abattoir et de boucherie. Déchéances d'hommes et de femmes pris dans des toiles d'araignées, mangés vivants. Josiane dissèque des exclusions puantes comme le cadavre d'un batracien.

Oh... Comme je voudrais être un cafard... Ils sont un rebut de qualité supérieure. Je me voudrais invulnérable comme eux. Qu'aucun piétinement ne puisse jamais m'écraser. Mais dans le regard d'Isabelle, un regard bleu, dur et triste, je devine qu'elle est trop loin du rivage pour qu'on puisse la secourir. Elle qui se lave désormais dans la fontaine de sa mairie, sa foi n'est plus bonne ni mauvaise, elle l'a perdue. Elle qui n'a plus de religion, qui ne croit plus en l'humain, on aura beau lui insuffler l'espoir, comme on embrasse un noyé pour lui réapprendre à respirer, ses poumons ne fonctionnent plus depuis trop longtemps.

Comme les tiens.

J'aurais voulu qu'aucun cancer ne puisse jamais t'étouffer. Je t'ai perdu, j'ai perdu, je me perds. Je ne me lève pas un matin sans t'avoir attendu un peu. Ta résurrection n'est pas impossible. On voit de si drôles de choses.

Xavier arrive, enfin. L'ancien séminariste s'excuse de son retard. Il pose son sac à dos sous sa chaise et me regarde en souriant. Pour moi, il émiette des petits bouts de son pain quotidien.

— Je suis arrivé dans ce métier avec l'idéal de l'aide. Mais on était pris dans un tel système. Beaucoup ont peur de parler de cette chaîne du social déshumanisée et de leurs conditions de travail.

Il me lance un regard lourd d'attentes, comme si j'étais une marchande de couleurs, comme si j'étais dans le négoce du bonheur, comme si je pouvais inventer une fin heureuse, la fin de cette histoire que Josiane m'a demandé d'écrire au fur et à mesure, même si elle ne sait pas comment.

— Juliette, comment crois-tu qu'on puisse écrire toutes nos histoires ?

— Hum ! Excuse-moi j'ai un chat dans la gorge.

Elle me regarde d'un air doux et compréhensif.

— Ce que j'aimerais, dit-elle d'une voix cassée, c'est quelque chose d'un peu général… Une problématique commune qui pourrait prendre la forme d'un texte collectif.

— Je vois, oui.

Qu'est-ce qu'une problématique ? Un problème mathématique ? Un moyen de mater les tiques ? Quand est-ce qu'elle me trouve un appartement ?

Xavier se ronge un ongle. Freha masturbe ses cheveux. Isabelle me sourit. Josiane aussi. Vraiment, on dirait une coccinelle. Un téléphone portable sonne dans une poche anonyme. Roland décroche et raccroche aussitôt en s'excusant.

— C'est le journaliste qui me suit... Je vais sortir un livre sur ma vie... Alors... Je suis partout et je connais la fille de Ray Charles. Elle peut m'aider à monter mon association, une association aux mains des exclus et de Ray Charles. On est là, lui et moi. On a nos besoins, nos envies, notre mot à dire. Nous les exclus, on veut un statut. Pas vrai Juliette ?

— Une statue ? Pourquoi veux-tu que je sois une statue ?

Freha se recoiffe un peu. Et Roland reprend.

— Y a des mecs maintenant, ils sont obligés de se cacher pour pas être raflés : cet hiver, on va les forcer à se mettre au chaud pour donner bonne conscience à l'opinion publique...

Roland expire pour ceux qui meurent, les avortons de la pire espèce, pire que Madame Pas De Demande, pire qu'un mandrill qui montre son cul, pire que Claire. On n'arrive même pas à les fixer sur un carton. Ils ne se lavent plus les pieds. Ils fuient le monde entier, comme Claire me fuit. Le monde est la peste, Claire est une peste. La peste, c'est si contagieux. Je suis contaminée.

Josiane se lance dans une analyse microéconomique des causes de la faillite sociale, que je saisis, par bribes.

— Ils ont joué à l'insertion par l'emploi... l'insertion par le logement... Maintenant ils veulent apprendre aux pauvres à manger pour s'intégrer dans la société.

Jeu de société.

Enfant, j'adorais le Monopoly. J'achetais des maisons vertes, plein de petites maisons vertes et de gros hôtels rouges pour écraser mes locataires sous des loyers prohibitifs. Ce que j'aimais surtout, c'est quand ils ne pouvaient plus payer. Je les obligeais à me donner leurs gares et leurs compagnies d'eau et d'électricité. Je vidais leurs poches jusqu'au dernier centime et après, je fouillais encore jusqu'à ce qu'il y ait un trou.

J'aimais bien la Bonne Paye aussi. Toucher chaque mois le même salaire pour se payer le coiffeur et la taxe d'habitation, quel pied. Et dire qu'un jour ce serait avec du vrai argent. Tous les enfants rêvent de devenir esclave salarié. *Arbeit macht frei*. Je suis contaminée.

Isabelle regarde par la fenêtre, les arbres gris. Et Moussa rit dans son complet gris beaucoup trop grand pour lui. Subitement, il pince son grand nez en promenant un regard grave sur le sol.

— Le social est un fabricant d'exclusion, profère-t-il. Le cimetière est la seule solution durable d'insertion. Moi, je suis peut-être séropo, mais le monde crèvera avant moi. Il a le sida.

— Nous sommes mal aimés, dit Josiane. Nous tous. Je voudrais, Juliette, qu'on écrive un texte incantatoire, à la limite de la poésie, tu vois ? Tu pourrais partir de l'hymne des États Généraux...

— Quel hymne ?

— Un deux trois nous irons au bois...

— Quatre cinq six cueillir des cerises. Je vois. Je vois tout à fait.

J'ai mal au ventre. Roland répond au téléphone portable qui manifeste encore dans sa poche. Cette fois, c'est une ancienne RMIste qui monte une association avec des exclus. Ils cherchent quelqu'un pour animer un atelier d'écriture. J'ai tellement mal à la tête. Moi, je voulais juste une maison. Un toit sur ma tête. Un sol sous mes pieds. Je ne demandais rien de plus. Et il faudrait que je leur écrive des incantations ? Je ne sais même pas ce que c'est, une incantation ! De la fumée sort de mes oreilles et des plaques rouges me poussent sur le visage, je les sens, ça commence à me gratter, de plus en plus fort, sur les joues, les bras, les jambes et je ne peux pas m'empêcher de me gratter, devant tout le monde, sans dignité.

— Ça va, Juliette ? me demande Josiane.

— Oui... Ils s'appellent des doigts. Et je suis sous cortisone et antihistaminique suite à une crise d'urticaire géante.

CUEILLEZ-MOI
JOLIS MESSIEURS...

Au self du lycée, vous hésitez entre cette tarte aux pommes avachies et ce saint-honoré à la crème grumeleuse. Besoin de sucre. Il est treize heures, Juliette vous a encore posé un lapin. Pourtant, elle était redevenue gentille avec vous, ces derniers temps. Alors pourquoi vous pose-t-elle ce lapin ? Tout n'est pas perdu, elle peut encore arriver, vous choisissez un yaourt nature.

Elle est dans le métro peut-être. Un œil myope et l'autre amnésique, elle dévisage un panneau énigmatique suspendu au-dessus de sa tête. Il lui est familier, elle l'a déjà lu mille fois, mais elle ne sait plus le déchiffrer.

Votre saint-honoré en main, vous vous asseyez face à la table de Rose, toujours fanée, toujours Professeur de Philosophie. Elle vous lance un salut confraternel.

— Et ton atelier d'écriture avec ton écrivain, ça va ?

Très bien, merci !

Jean-Guy, un professeur de mathématiques, vous demande l'autorisation de s'asseoir à votre table. Accordée. Il sent bon le café. Vous poursuit-il encore de ses assiduités ? Vous êtes, il est vrai, son équation non résolue. De son côté, Rose finit à peine son plat de spaghettis qu'elle se jette sur son dessert, paquet de copies à corriger. Et votre voisin le matheux vous offre le chocolat noir qui accompagne son café. Vous acceptez, avec plaisir. En son temps, vous auriez dû accepter ses avances aussi. Il aurait mieux valu Jean-Guy que Benoît. Seulement, il ne vous plaisait pas. Fine bouche.

Rose corrige toujours ses copies, éructant une litanie sourde contre la jeunesse, qu'elle qualifie de *troupeau d'ignorants sans intelligence ni curiosité*. Jean-Guy se révolte contre cette crudité délicate.

— Troupeau d'ignorants ?! répète-t-il sans daigner la regarder. Y a des profs, on se demande... Qu'est-ce qui les a poussés dans l'enseignement ? C'est vrai qu'il faut être gonflé pour transmettre du savoir. Surtout de la philo ! La philo, c'est de l'ignorance bien emballée, et par des péteux... Ou alors, est-ce que c'est juste un emballage ?

C'est parole d'évangile. Victime de cette médisance, Rose ne cille pas. Vous la regardez, vous la reconnaissez, c'est une mégère, domestiquée par son éducation. Tous les pores de sa peau crachotent un petit ressentiment acariâtre, mou comme une fiente. On dirait vous. Vous, le sida en moins. Jolie Rose... Elle n'attend rien, surtout pas qu'on la cueille. Vous, vous aimeriez bien. Mais on ne cueille pas les fleurs malades. Cueillez-moi, jolis Messieurs, je n'ai pas assez joui pour attraper le sida, on ne m'a pas assez aimée pour que je meure déjà. Mais vous ne demandez rien. Vous n'êtes pas une mendiante. Jean-Guy, cependant, marmonne toujours contre Rose, sans la regarder. Et elle, l'ignore de plus en plus.

— Ah ! s'écrit le matheux. Le vent tourne depuis que des avions pleuvent sur l'Occident et ses plus hautes tours d'ivoire ! Virer à tribord, la droite revient ! Les humanistes les plus virulents retirent la fleur du fusil et propagent de nouvelles contagions...

Vous, vous passerez l'arme à gauche de toute façon.

L'heure sonne. La cafétéria se vide. Jean-Guy vous abandonne. Vous remontez à la salle des profs. Là-haut, la photocopieuse refuse de marcher. Le réparateur vous oublie, lui aussi, besoin de vous laver les mains.

Vous entrez dans les toilettes. Frottez, frottez vos mains dégoûtantes. Presque plus de savon. Et Juliette ? Où est-elle ? Plus de serviettes. Avec quoi allez-vous essuyer vos mains ? Encore de la mousse, s'il vous plaît. Virus de l'Immunodéficience Humaine. Vous vous en récurez les mains.

Mais oui, vous avez conscience de flirter avec un trouble obsessionnel compulsif. Vous n'êtes pas aveugle. Vous avez claqué la porte au nez du docteur Tokuda, bien décidée à ne plus entendre parler de la maladie. Et pourtant, vous vous enfermez avec elle, dans un tête-à-tête asphyxiant. Vous nouez, avec ce virus que vous prétendez ignorer, une liaison plus intime que les deux seules que vous avez connues. Vous lavez vos mains. Vous traquez vos sécrétions. Matin et soir, dans le bidet, de l'alcool brûle vos orifices et la moindre de vos muqueuses. Que la bête meure... Et l'eau coule et brûle et la vapeur asphyxie. Que la bête étouffe. Et vous frottez, frottez toutes les pages intimes au gant de crin, et les moindres recoins de votre anatomie. Vous êtes folle. Folle furieuse. Comme Alexandre. Mais vous ne serez pas prosélyte.

Séropositivité, zéro possibilité. Phase latente, l'attente encore, l'attente toujours, la mort au bout ?

À part ça... rien n'a changé dans vos habitudes, vous les aimez toujours autant, ce sont elles qui vous fuient.

— Fais pas cette tête Claire !

Juliette ?

— Je m'excuse beaucoup, Claire... Mais je me suis endormie sur la tombe de Luc, ce matin. Je ne me suis réveillée qu'à midi et demi.

Depuis quand elle fréquente les cimetières le mercredi ?

— Oh... ça dépend des semaines, tu sais.

Vous l'envoyez paître.

Elle quitte les toilettes, et c'est Jean-Guy qui vient se laver les mains près de vous. Ses mains sont pleines d'encre noire, l'encre de la photocopieuse en panne.

— Saloperie de photocopieuse, marmonne-t-il. Ah ! Le vent tourne...

Vous le regardez achever ses ablutions. Il vous sourit. L'eau vous purifie. Jean-Guy vous sourit. Vous bondissez sur lui. Jean-Guy vous sourit. Vous vous empalez sur sa queue.

JULIETTE : Tu as quoi !

CLAIRE : Je n'ai pas à me justifier, Juliette ! Tu n'es pas ma mère ! Tu n'es pas mon père ! Tu n'es pas mon mari ! Tu n'es pas médecin !

JULIETTE : T'as mis une capote au moins.

CLAIRE : Non.

JULIETTE : Et... Et... Et s'il avait le sida !

CLAIRE : Je ne crois pas. Il a une bonne tête.

JULIETTE : Maintenant Claire... tu vas devoir attendre trois mois avant de faire un test, non ? Tout ça pour quoi... deux minutes de plaisir !

CLAIRE : Oui. C'est idiot.

JULIETTE : Tu imagines l'angoisse, non ?

CLAIRE : Oui, j'imagine bien.

JULIETTE : Ce que c'est que d'attendre les résultats d'un test... Mais... tu passeras probablement entre les gouttes, n'est-ce pas ?

CLAIRE : Oui, Juliette, j'espère bien.

JULIETTE : Mais que ça te serve de leçon.

CLAIRE : Oui, j'ai compris.

JULIETTE : Trêve de plaisanterie, Claire. Pourquoi as-tu fait ça ? Tu es folle ou quoi ?

CLAIRE : C'était très bien ! Très très très bien ! Tu devrais en faire autant. Tu as de la toile d'araignée dans le derrière ma fille. Faut débroussailler !

JULIETTE : Qu'est-ce qu'y a encore. Qu'est-ce j'ai fait ? Je n'ai pas rebouché le tube de dentifrice ? Mes cheveux bouchent le lavabo ? Une tétine traîne sous le canapé ?

CLAIRE : Point du tout.

JULIETTE : Pourquoi tu es fâchée ?

CLAIRE : Mon humeur est excellente. Je maîtrise mon destin. Tout va bien.

JULIETTE : Mon cul.

CLAIRE : Que ton cul repose en paix, Juliette.

JULIETTE : C'est ça oui... tu es le Messie... toujours en quête d'une brebis égarée à remettre sur tes rails. L'agneau de qualité supérieure, ça devrait être moi, c'est ça ? C'est pour ça que tu me fais passer pour un modèle d'intégration devant ton proviseur ? Job pourri... lycée de merde ! Et tu m'en veux, parce que je ne suis pas à la hauteur de ton agneau mystique ! Mais la brebis égarée, c'est toi, Claire. Tu crois que je suis aveugle ?

CLAIRE : Les temps sont durs, Juliette, le temps est dru...

JULIETTE : J'aime pas l'agneau, j'ai horreur du lait de brebis, tu n'es pas le Messie, et arrête de... mentir !

CLAIRE : Je ne mens pas, Juliette. Je...

JULIETTE : Tu mens tout le temps. J'en suis malade. Et je devrais te remercier !

CLAIRE : Juliette ? Tu veux que je te dise ?

JULIETTE : Il serait temps.

CLAIRE : Ce test qu'il faudrait...

JULIETTE : Ne t'interromps pas Claire.

CLAIRE : Eh bien...

JULIETTE : Parle librement, Claire !

CLAIRE : Eh bien... Jean-Guy est un amant déplorable. Voilà.

JULIETTE : Tu te fous de moi ?

CLAIRE : Non. Je t'assure. À moins que ce ne soit moi.

JULIETTE : C'est tout ce que tu as à me dire ?

CLAIRE : Je baise comme un pied, oui.

JULIETTE : Non, Claire, c'est autre chose.

CLAIRE : Je ne mens pas Juliette... Je ne mens pas.

JULIETTE : Tu mens tout le temps, tu mens tout le temps.

CLAIRE : Non, je suis fidèle, c'est tout. Fidèle à tous mes engagements, Juliette, quel que soit le sens du vent, en dépit du bon sens, et même dans le mauvais sens. Je suis inébranlable, comme un fossile, mais j'ai des circonstances atténuantes.

JULIETTE *(elle exhale un rot alcoolisé)* : À tort plus qu'à raison, Claire. À tort, plus qu'à raison...

Hippolyte est un vieil ami. Vous lui offrez une coupe de champagne, l'installez sur le sofa d'où il vous considère avec un dédain carnassier. Un paquet de préservatifs vous attend dans un tiroir.

Journaliste sportif, vaguement écrivain, Hippolyte est un gauchiste repenti. Déprimé, car sa femme vient de publier un livre-vérité, où elle révèle que les héros masculins de son mari, archétypes de pauvres types, ne doivent rien à son imaginaire mais tout à sa biographie. Hippolyte est au bord du divorce. Vous saurez le consoler, car vous êtes peut-être une fleur malade, mais vous avez l'air relativement fraîche, et Jean-Guy a bien voulu vous cueillir alors… pourquoi pas Hippolyte ?

Alors que, les reins savamment cambrés, vous vous penchez sur la table pour y déposer quelques bouchées au foie gras, Hippolyte se saisit du dernier manuscrit de Juliette, *Pétromystique*, qui traînait sur une étagère. Il le feuillette hâtivement.

— C'est intéressant, vous dit-il, même si c'est mal écrit.

Vous le priez de rester poli. Juliette n'est certainement pas un écrivain de génie, mais enfin, elle est votre amie, elle vit avec vous. Il écoute attentivement votre récit de sa quête immobilière. Pris de pitié, il vous fait cette proposition.

— Je peux proposer son manuscrit à mon éditeur. Il ratisse assez large, tu sais…

Ce ne sera pas nécessaire, croyez-vous. Elle en a déjà un.

— Mais alors pourquoi elle me fait passer son texte ?

Parce qu'il l'a pris sur votre étagère, dites-vous. Et Juliette, elle habite avec vous, c'est vrai, mais elle ne rentre pas avant onze heures ce soir. Ça vous laisse du temps, ajoutez-vous d'une voix enrouée de désir.

Enfin, Hippolyte porte ses regards concupiscents sur votre croupe. Il se lève, s'approche de votre poitrine, ah, vos seins, comme ils sont beaux, même s'ils sont faux.

Subitement, il se replie sur le sofa...

Vous ne dites rien. Mais vous n'en pensez pas moins. Il n'aime pas le silicone, c'est ça ? Vous vous échappez dans la cuisine, sous prétexte de paprika. Cette soirée semblait si bien s'annoncer... Sont-ce vos seins, vraiment, qui l'ont refroidi ? Il faudrait lui demander, non ? Est-ce qu'il aime vos seins ou pas ?

Une main, soudain, se pose tendrement sur votre épaule. Vous vous retournez pour plonger dans le beau regard d'Hippolyte mais...

— Fais pas cette tête Claire, je suis un peu en avance mais c'est pas ma faute, Véronique a annulé notre petite escapade.

Juliette... Une cigarette sans filtre se consume entre ses lèvres. Comment allez-vous pouvoir vous entretenir de votre poitrine avec Hippolyte maintenant ?

Juliette file au salon. Salue chaleureusement votre proie. S'excuse !

— Je ne vous dérange pas, j'espère. Parce que Claire semble un peu contrariée que...

— Vous ne dérangez pas du tout, répond Hippolyte, qui considère Juliette avec ce dédain... carnassier.

S'il n'aime pas vos seins, il semble en revanche affectionner les fesses rebondies. Des fesses menues, et rebondies. Comme celles de Juliette. Oui, il dévore sa croupe du regard, en malaxant quelque chose dans sa poche. Peut-être un préservatif.

— J'ai lu votre manuscrit, lui dit-il. Il a quelques qualités.

— Mon manuscrit ? C'est toi qui lui as donné, Claire ?

Hippolyte vole à votre secours.

— Je suis tombé dessus par hasard. Votre texte est divinement bien écrit. C'est fou cette ségrégation raciale instaurée par Elf au Gabon.

— Ça n'est qu'un élément du décor, monsieur. Mais évidemment, vous n'avez vu que ça. Vos structures mentales sont malades.

— Appelez-moi Hippolyte, je vous en prie.

— Soit, Hippolyte. Eh bien vous n'avez rien compris, Hippolyte.

— Que fallait-il comprendre alors ?

— Que l'homme est construit comme un oignon voilà tout.

Hippolyte se réfugie sous vos jupons. Et vous savez vous montrer hospitalière. Car la confiance vous gagne à nouveau : Juliette est si froide avec lui qu'elle vous apparaît soudain tel un être asexué. Malgré certaines protubérances. Hippolyte partage sans doute votre avis. Le voilà glacial, avec elle.

— Je vous prie, Juliette, de m'excuser pour avoir trouvé votre texte... bien écrit. Mes mots dépassent parfois ma pensée.

Elle le gratifie d'un regard castrateur. Il se liquéfie. Il lui faut reconquérir sa virilité. Alors, il s'agrippe à la manche de Juliette et lui remet sa dernière publication.

— Je suis, lui dit-il, écrivain. Ceci est mon dernier livre. Je doute de pouvoir faire mieux.

Elle parcourt l'ouvrage d'Hippolyte avec des airs de juré sadique. Son visage, soudain, s'illumine. Elle referme le livre, le rend à son auteur, sans dire un mot.

— Alors ? lui demande Hippolyte, avide de caresses. Je ne vous cacherai pas que j'y ai mis beaucoup de moi. Et de mes proches. Je n'épargne personne...

Et il se lance dans une ode à lui-même.

— Vous avez aussi remarqué combien l'Afrique est présente dans mon livre, Juliette.

Une étrange moiteur dans les yeux de Juliette. Ses lèvres s'entrouvrent. Il ne la laisse pas parler.

— Alors qu'avez-vous pensé de mon livre ?

— Félicitations.

— Merci, Juliette.

Il sort un stylo de sa poche et, son livre en main, lui sourit gentiment.

— Je vous le dédicace ?

Elle lui rend son sourire. Puis explose, sourdement.

— Votre cynisme sans subversion, et cette ignorance profonde, et ces personnages si... vils... Vous êtes tout cela sans doute...

Elle lui arrache le livre des mains, le jette sur une chaise et s'assied dessus. Vous ne vous interposez pas. Hippolyte vous regarde, l'une après l'autre. Femmes infâmes. Troupeau de harpies. Se tortillant comme un asticot illuminé sur le livre d'Hippolyte, Juliette déclame.

— Un écrivain doit être misanthrope, Hippolyte ! Vous n'êtes que raciste !

Hippolyte blêmit. De l'écume mousse au coin de ses lèvres.

— Voyez-vous ça, râle-t-il.

— Et votre misogynie... le symptôme de votre homosexualité refoulée.

Bavant de rage, Hippolyte s'immole dans le feu qui dévore Juliette.

— Oui, je suis vil ! Ma bassesse est mon fonds de commerce et veuillez croire que je l'entretiens ! D'ailleurs, mon livre marche très bien même s'il ne se vend pas ! On parle de moi dans les journaux, mademoiselle ! Que je sache (il la montre d'un doigt accusateur), elle ! elle ne peut pas en dire autant !

Juliette susurre.

— Vous êtes fâché après moi, Hippo... Pourtant, je n'ai jamais dit que votre livre était mal écrit. Je pense juste qu'il est creux.

— Je voulais seulement être gentil avec vous, cingle Hippolyte.

— Hippolyte, reprend Juliette, si l'envie me prend de baiser avec vous, je vous appellerai. Mais là, non. Merci, mais vraiment, non.

Et elle ajoute, en vous regardant.

— Saurait-il seulement tenir une érection plus de trois minutes ?

Luc me hante, Sieur Crocodile, surtout la nuit, quand le sommeil m'oublie.

Je peux m'oublier, Luc, mais je ne t'oublierai jamais.

Je ne suis plus un être humain, sans toi. Je suis une moule.

Même quand je suis une moule, je pense à toi.

J'étais si heureuse près de Luc, Sieur Crocodile. Et depuis si longtemps. Même le jour où nous avons été les témoins de votre agonie.

Nous étions sur le bateau Luc et moi, ce jour-là. À trente mètres de nous, près du rivage, de la vapeur montait au-dessus des eaux.

— Regarde, me dit Luc, de grosses bêtes se débattent là-bas.

Bientôt, nous les vîmes distinctement. C'était vous, qui luttiez contre le python, le python vous étouffait, pour vous avaler et vous dissoudre, comme je me dissous dans le petit appartement de Claire.

— Regarde un peu ce bras de fer ! s'écriait Luc dont les yeux étincelaient.

Le python vous ceinturait, vous lacériez les écailles du serpent. L'eau giclait jusqu'à des hauteurs prodigieuses sous les assauts des deux monstres fluviaux. Quand vous, le saurien, sembliez prendre l'avantage, le reptile se contractait sur votre carcasse pour vous forcer à relâcher. Le combat dura sept jours et, chaque matin, nous venions en prendre la mesure, d'assez loin, à l'abri de notre petit canot à moteur. Quelques piroguiers étaient là aussi, et deux ou trois curés de Lambaréné, spectateurs comme nous de ce spectacle surnaturel. Au bout du troisième jour, vous étiez toujours enroulés l'un autour de l'autre, silencieux, immobiles, comme pétrifiés. Soudain, il y eut un spasme brutal, dont on n'aurait pu dire s'il venait du reptile ou de vous. Deux jours après, vous sembliez avoir repris l'avantage.

— Regarde, dis-je à Luc, le crocodile a réussi à dégager sa tête.

Votre mâchoire épuisée claquait dans le vide, éraflant parfois la peau du serpent harassé de fatigue, en nage, en sang.

Le lendemain matin, le père de Luc se rendit sur le terrain de votre guerre immobile. Il vous trouva tous deux, encore animés d'un souffle de vie. Souffle timide. Mais le soir, il revint nous annoncer que vous étiez morts tous les deux. Personne n'a jamais pu dire lequel avait rendu son dernier soupir le premier. Claire, ou moi ?

Vous voyez, je m'en souviens. C'est un souvenir en forme d'intuition. Et vous qui avez subi la constriction du python, vous savez ce qu'est la promiscuité. C'est cette chose bizarre, bornée et sournoise comme un boa constrictor. Elle vous broie. L'espace de Claire me broie. Elle est un boa.

Regagnerez-vous un jour le fleuve des enfers ? Avez-vous déjà rencontré un succube...

Luc, me reconnais-tu ? Aujourd'hui, je suis cette moule en hibernation dans l'estomac de Claire. Mais demain ? Ma condition présente d'invertébrée momifiée me plaît parfois. Car je m'oublie, je me soumets à l'inertie, mon activité cérébrale se réduit à l'essentiel.

Je sais bien. Il est quatre heures du matin. Vous voudriez dormir un peu tous les deux. Je vais vous laisser.

Sieur Crocodile, je vous confie Luc. Essayez un peu de le bouffer, Niloticus, vous verrez de quel bois je me chauffe.

Dors bien, Luc. Finis tes pissenlits. Et prends soin de toi. Je te laisse un paquet de tabac et ton papier à rouler préféré.

Cochonnerie de photocopieuse. C'est juste une machine, dirait Jean-Guy. Où est-il ? Peut-être malade, déjà ? Vous n'auriez pas dû. Qu'est-ce qui vous a pris ? Et pourquoi cette envie de recommencer avec un autre ? Vous ne savez pas de quoi vous avez envie. Envie de jouir ou de nuire ?

Vous avez envie de sucer un marshmallow. Quelque chose de spongieux. Oui, une espèce de long marshmallow. Tout pour de la guimauve ! Besoin de sucre.

Et Benoît ? Est-il malade déjà ? Oh... Bien sûr, il n'est pas coupable. Ce n'est la faute de personne, n'est-ce pas ? Surtout pas celle de Benoît. Pas de coupable, pas de bourreau. Benoît peut dormir sur ses deux oreilles.

Vous vous en lavez les mains.

Encore de la mousse !

Juliette, une heure de retard.

Il faudrait lui dire, à Jean-Guy, que vous n'avez pas de capotes, que vous n'avez jamais enfilé une capote de votre vie, que les capotes ne vous ont jamais concernée, qu'elles étaient l'apanage de votre frère, la grande folle misanthrope qui n'aurait pas, lui, sauté un prof de maths dans les toilettes de l'Éducation nationale. Les enseignants de l'Éducation nationale ne peuvent pas contracter le virus du sida. Mais vous, vous êtes séropositive.

Que faire de ce virus ? Bientôt plus de savon. Besoin de sucre. Besoin de mousse.

Une tarte aux pommes. Ou un saint-honoré. Ou Jean-Guy.

La pulsion de désir pousse en vous. Vous seriez prête à coucher avec n'importe qui. Votre désir est meurtrier. Tu ne tueras point. Filer à la cafétéria.

Le prof de techno entre dans la cafétéria. Celui-là est bien bâti. C'est cette bouche, surtout. Non... Vous mangerez cette tarte aux pommes dont personne ne veut. Le prof de physique, maintenant. Un peu vert, mais enfin... Vous mangerez, plutôt, ce saint-honoré repoussant.

Besoin. Désir impérieux. Corps fou furieux.

Et la tarte aux pommes indigeste, qui pèse déjà sur votre estomac.

Mon Dieu. Jean-Guy. Et plus de sucre à vous mettre sous la dent.

Il entre dans la salle de bains.

Vous remettez le couvert.

*

Nous faisons le point aux Trois Petits Cochons, où, hélas, Véronique est arrivée avec une heure de retard. Je bouillonne.

— À gerber. Ce contrôleur fiscal est à gerber. Il ne m'appelle pas. Il ne vient plus à mon atelier. Bon. J'ai visité un appartement aussi. Un faux deux-pièces... Pas de nouvelles. Et pas de nouvelles non plus du bureau du logement... Bon. Il y aurait ce gamin, là... le fils Grandet... son père est patron dans le logement social mais... je ne veux pas me faire pistonner par Claire.

— Écoute, Juliette. Je ne voudrais pas dire mais... Ces fouines du logement social se planquent dans leurs terriers, en général. Tu en as une à portée de main. Utilise-la ! Et puis tu n'es pas obligée d'en parler à ta prof de français...

— Tu sais qu'elle passe son temps à se faire troncher celle-là ?

— Le sexe, Juliette, c'est bon pour la santé.

— Pour elle sûrement. Mais pour son partenaire... suis pas sûre... Enfin... Le gars du logement social, là, Grandet... Admettons... qu'on n'en parle pas à Claire. Est-ce que... il faudrait lui écrire une lettre de condoléances à lui aussi ?

— Non, Juliette. Il faudrait le caresser dans le sens du poil.

— Comment ça dans le sens du poil ! Ils ont le poil plein de vermine ces gens-là !

Véronique fronce les sourcils. Ce qu'elle peut avoir l'air sévère, des fois. Un regard à vous faire sentir coupable. Mais de quoi serais-je coupable ? Et soudain, je me souviens, à voix haute.

— Oh ! Claire ! Il est quinze heures et l'atelier d'écriture finit à quatorze !

Il faudrait appeler les pompiers. Ou au moins Claire. Ou les pompiers ?

Oui, oui... Il n'y a pas le feu non plus. Et puis je n'ai pas envie qu'elle m'engueule. Je propose à Véronique de reprendre un café.

Trois cafés et six carrés de chocolat tanzanien plus tard, Véronique me quitte. Mais je n'en ai pas fini, moi, avec le cacao noir. Le chocolat amer fond encore sur ma langue desséchée. Cette amertume... on dirait Claire. Claire est un sucre rapide. Mais l'amour n'est pas le sucre, l'amour est un glucide lent. Le sucre, c'est la haine.

La haine, c'est ce qu'il y a de plus facile, Claire. Mais enfin si tu ne peux pas te passer de sucre, préfère le fructose à la haine. Moi, je t'aime bien, Claire, c'est toi qui ne m'aimes pas.

— Je suis ravi de vous revoir, Claire.

Le docteur Tokuda avance ses mains vers les vôtres et les prend avec chaleur. Vous rougissez. Vous voudriez lui dire, pour Jean-Guy. Il vous coupe la parole avant même que vous la preniez.

— Êtes-vous prête à vous soigner ?

Est-ce possible ?

— D'une certaine manière, oui. Mais vous ne guérirez pas.

Il faudrait lui parler de Jean-Guy. Alors vous esquivez, en parlant de Juliette. Juliette, il s'en souvient ? C'est cette veuve africaine que vous hébergez chez vous. Ses deux enfants n'ont pas le même père, ce sont des choses qui arrivent, et il faut la voir, Juliette, dans ses délires éthyliques. Enfin... ce sont des choses qui arrivent, non ?

Une pensée secrète paraît l'assombrir. Devinerait-il, pour Jean-Guy ? Alors vous esquivez, avec Juliette, encore.

Juliette elle... elle parle aux arbres et elle... elle se frotte sur la tombe de son mari, il le croit ça ?

— Vous paraissez préoccupée, Claire !

On le serait à moins, il ne croit pas !

Il regarde son diplôme de médecin, accroché à côté de la fenêtre ouverte.

— Claire... Vous n'êtes pas venue pour rien, je pense.

Vous ne dites pas un mot de Jean-Guy.

— Consultez-vous un psychothérapeute, Claire ?

Pour quoi faire ?

— Si vous n'en voyez pas l'utilité… Effectivement… Mais enfin… Le virus du sida peut être délétère pour l'esprit, Claire.

Oui, vous lui dites. Vous savez. Vous souffrez d'ailleurs de troubles obsessionnels compulsifs, s'il veut tout savoir. Parfois, le crin vous blesse. L'eau vous carbonise. Vous voudriez tant libérer votre sang. Si vous pouviez vous vider de votre sang pour le passer à la Javel… Mais on ne peut pas. N'est-ce pas ?

Son regard balaie le plateau de son bureau bien rangé. Il s'arrête sur son agenda ouvert. Et vous ne dites toujours pas un mot de Jean-Guy.

— Vous devriez en parler à quelqu'un, Claire. Peut-être cette amie…

Juliette ? Pourquoi il vous parle de Juliette ?

Vous vacillez. Un doute horrible vous étreint. Elle était si étrange, l'autre jour, quand elle a su pour Jean-Guy… Non… quand même, il ne lui a pas parlé à Juliette !

— Eh bien… Non ! Bien sûr ! Mais… vous… vous devriez peut-être ?

Non ! Vous n'en parlerez pas à Juliette. Pourquoi ? Ah… mais parce qu'elle ne vous aime pas ! Elle n'aime que ses enfants. Et son mari. Mais il est mort, son mari. D'un lymphome… Un lymphome, vous pourriez en mourir, vous aussi ?

— C'est une des formes que peut prendre le sida. Cela peut être une maladie opportuniste. Mais ce n'est pas une fatalité, pour vous.

Vous voyez trente-six chandelles. Vous balbutiez que vous ne savez pas si vous aurez la force de vivre avec ce virus. Vous voulez dire… vous avez un de ces vertiges… Et si seulement… Si seulement vous n'aviez pas couché avec Benoît.

— C'est l'homme qui vous a contaminée ?

Un marteau cogne dans vos oreilles. Déséquilibre de votre oreille interne. Il vous offre un mouchoir rose parfumé à la violette. Décidément... Sa maladie s'est trompée d'adresse. Mais elle ne veut pas s'en aller.

— Un traitement peut améliorer la réponse immunitaire de votre organisme, Claire. Si vous avez besoin d'un peu de temps pour vous décider, on peut juste commencer par faire des examens, bien sûr, pour nous faire une idée du stade de l'infection.

Les examens qu'il propose ne vous engagent à rien, mais l'avanceraient beaucoup. Alors vous lui déroulez l'histoire de votre maladie, l'histoire de Benoît, encore, mais pas celle de Jean-Guy. Il rédige votre anamnèse, vous prescrit des tests sanguins, des examens approfondis, très approfondis, et même complémentaires, c'est du charabia, vous allez devoir vous enfuir, vous cacher jusqu'au dépouillement des résultats.

Vous vous cacherez oui, car au fond de vous, la négationniste de l'existence n'est pas fière de ses renoncements. Se soigner, n'est-ce pas se trahir ?

Vous voudriez vous complaire dans ce mal-être joli, tissé dans les métiers de votre imaginaire. Aujourd'hui, vous savez juste que vous êtes malade. Après les analyses, vous plongerez dans un réalisme sordide : vous serez l'objet d'un mal concret, mesuré, délimité.

Une larme effleure votre joue. Pourvu que vous n'ayez pas contaminé Jean-Guy.

LA CIGALE SDF
ET LA FOURMI SÉROPO

« Cher Monsieur Grandet

Auteur commenté dans la presse et docteur en zoologie, j'enseigne l'écriture à votre fils, Jordan. Son professeur de français et moi-même avons décelé chez lui un potentiel tout à fait prodigieux.

Par ailleurs, je prépare actuellement un ouvrage sur le logement social en Île-de-France.

Je connais bien les problèmes de logement puisque je suis moi-même demandeuse à la ville (n° 1 14 0102 0111369) et à l'OPAC (n° 679606) : veuve avec deux enfants, dont une épileptique, je suis sans domicile depuis trop longtemps, en hébergement provisoire à l'adresse ci-dessus.

À ce jour, mes revenus, ajoutés à ceux de Monsieur Olivier Benchétrit, **contrôleur fiscal** avec lequel je cherche un trois ou **quatre-pièces**, s'élèvent à 40 000 euros par an.

Madame Bauer, professeur de **français** de Jordan, et qui m'héberge actuellement, est disposée à se porter caution pour moi.

Je souhaiterais vous rencontrer afin de vous présenter ce dossier mais surtout pour m'entretenir avec vous des éléments de mon livre, et de Jordan.

Juliette Ébinel »

CLAIRE : Tu as quoi !

JULIETTE : Je n'ai pas à me justifier, Claire. Tu n'es pas ma mère. Tu n'es pas mon père. Tu n'es pas mon mari. Et tu m'avais proposé les coordonnées du père de Jordan.

CLAIRE : Comment as-tu pu lui envoyer cette lettre ! Je ne t'ai jamais donné son adresse !

JULIETTE : Je l'ai trouvée dans tes dossiers.

CLAIRE : Tu fouilles dans mes affaires maintenant ! Et depuis quand tu prépares un livre sur le logement social ! Mensongère ! Ta lettre est mensongère !

JULIETTE : Ça te va bien de me donner des leçons de vérité.

CLAIRE : Et le contrôleur fiscal ! Il n'est même pas au courant ! D'où tu sors qu'il gagne quarante mille euros par an ! Tu aurais pu lui en parler ! Tu avais bu ou quoi !

JULIETTE : Où es-tu allée chercher que j'étais bourrée. J'étais à peine ivre. À cause des vapeurs d'alcool que *tu* m'as fait respirer.

CLAIRE : Et si Grandet te dénonçait au fisc...

JULIETTE : Je ne crois pas. Son fils a une bonne tête. Au fait, ton psy japonais, tu l'as rappelé ?

CLAIRE : Occupe-toi de tes oignons.

JULIETTE : Je l'ai eu au téléphone, tu sais.

CLAIRE : Occupe-toi de tes ignames !

JULIETTE : Ne t'inquiète pas. Je l'ai pris pour ma sœur. Ma sœur ne sait rien. T'en fais une tête. T'es malade ?

CLAIRE : Même s'il s'agit d'une maladie, Juliette, et pour autant qu'elle m'habite réellement et si, vraiment, c'était le cas, sache, Juliette, que le mépris est silencieux.

JULIETTE : Tu ne peux pas dire les choses plus simplement ?

CLAIRE : Je ne vois pas de quoi tu parles.

JULIETTE : Pourquoi tu ne me parles pas ? Parce que j'ai fait la sieste sur la tombe de Luc cet après-midi ? Tu es fâchée ?

CLAIRE : Mon humeur est excellente. Je maîtrise mon destin. Tout va bien.

— Tu étais malade ? vous dit Josiane.

C'était juste une petite fièvre.

— Tu as des nouvelles de Juliette ?

Elle habite toujours chez vous, c'est tout ce que vous savez.

— Juliette devrait nous écrire un texte à partir de l'hymne des États Généraux, tu sais ? Un texte incantatoire, à la limite de la poésie.

Lui demander un texte incantatoire à la limite de la poésie ? Vous n'êtes même pas sûre qu'elle sache ce qu'est une incantation, alors...

— Bon... Eh bien... Les sous-sols du ministère nous attendent, Claire.

Sur le chemin des souterrains, Josiane chante l'hymne des États Généraux : une deux trois nous irons au bois, et cætera. Elle vous explique aussi que le ministre des Affaires sociales a fait fermer la Salle des Menus Plaisirs. Aussi, le groupe se retranche aujourd'hui en salle – 3030, mieux connue sous le nom de Salle du Jeu de paume.

Et dire qu'en ce moment quelqu'un centrifuge le sang qu'une nouvelle infirmière vous a maladroitement prélevé ce matin.

Dans la Salle du Jeu de paume, Josiane vous présente le premier arrivé, un nouveau venu à bicyclette, joli garçon au visage buriné par une rude existence. Léon, tel est son prénom, est un comédien de renom. Du moins, dans un certain milieu. Il animera, paraît-il, des séances de théâtre forum. L'atelier d'écriture ne serait-il plus à l'ordre du jour ? Quelle honte pour Juliette. Quel soulagement pour vous. Elle n'est pas à la hauteur du poème que Josiane lui a demandé. Josiane, qui soutient un argument façonné dans du béton armé.

— Le théâtre forum se prête mieux, sans doute, à notre propos, même si, quand même, il faudrait que Juliette arrive à écrire quelque chose crénom de Dieu !

Les autres compères se joignent au groupe, à l'exception de Samir, dont le fils vient de succomber aux assauts mortels d'une batte de base-ball. Elle était manœuvrée par un fou sur le parking d'un supermarché. Freha ne sera pas là non plus. Elle fait une couleur chez le coiffeur de Mme Chirac. Quant à Isabelle, elle est en rendez-vous avec un cancer des poumons, et arrivera plus tard.

Ce qu'il est joli, ce Léon. Autant que Moussa, toujours en complet gris. Vous en feriez bien votre cinq à sept. Tous les deux. En même temps. Non, une queue après l'autre. Et dire qu'en ce moment peut-être, quelqu'un dissèque votre plasma.

— Le théâtre forum est un forum théâtralisé, dit Léon. Mais d'abord, échauffons-nous.

Ce sont des rondes et des jeux. Chat, cache-cache et colin-maillard. L'existence est un jeu, en effet. Ces récréations nous ramènent à l'enfance, à la confiance. Ces nouveaux liens soudés, les inhibitions envolées, chacun endosse des rôles multiples dans de très courtes pièces improvisées : conseillers généraux, généraux en retraite, assistantes sociales, socialistes en grève, grévistes de la faim, adjoints au maire, mères battues, époux délaissés, huissiers, infirmiers psychiatriques.

Chacun puise son inspiration à la source de ses expériences, Moussa ose même jouer un séropositif.

Le regard de Moussa. Il vous fait frissonner.

Mais vous, vous ne jouez pas les séropositives. Vous êtes un être humain, vous êtes un Homme, clairement, vous n'avez pas demandé à être une femme ou un handicapé. Si seulement on pouvait laisser votre sang tranquille. N'empêche, vous admirez ce courage qu'il a, Moussa, d'être juste lui-même. Que sa force soit avec vous.

Ça rit fort, avec Léon, ce qui est une manière de pleurer beaucoup. Chacun pleure tout son saoul. Vous, surtout. Josiane sèche ses larmes.

Tout le monde aime le théâtre forum, même vous, sauf Moussa.

— C'est bien rigolo ces sketches que tu nous fais jouer, Léon, mais ça ne sert à rien.

Moussa propose un tour de table pour que chacun donne trois remèdes concrets à la ruine de la machine sociale. Roland parle le premier. Il demande des locaux, les moyens de créer son association, et promet de résoudre 50 % de la pauvreté, avec l'aide de Ray Charles. Il n'est pas mort Ray Charles ? Devant la perplexité ironique de Moussa, Roland monte les enchères à 60 %, avec Ray Charles toujours, et aussi Édith Piaf.

Combien pour votre sida ? Qui pour faire de vous un homme valide et athlétique ? Vous paierez le prix.

— Et toi, Claire ? vous lance Josiane, alors qu'Isabelle entre discrètement dans la Salle du Jeu de paume. Tu as des idées, Claire, pour résoudre ce problème ?

Une explosion de colère, émanant d'Isabelle, vous épargne un camouflet.

— Le maire de Tourcoing dépense de l'argent pour fleurir les parvis ! Il ne met pas un sou pour nourrir les exclus !

Une idée vous vient : il faudrait fleurir les exclus. Moussa, prophète noir en complet gris prend la parole.

— Évacuation, déni et extermination des pauvres. Grand génocide planétaire dans une indifférence universelle. Le froid et la faim massacrent mieux que personne. L'indifférence aussi. C'est un suicide collectif. Tout le monde finira par en crever. Le monde a le sida.

— Jamais ! s'écrie Xavier.

L'ancien séminariste se dresse de toute sa stature et propose de prêter serment, un serment à la manière du Jeu de paume. Aussi, juste avant de se séparer, tous jurent, vous y compris, de ne jamais se séparer et de se rassembler partout où les circonstances l'exigeraient, pour sauver l'humanité d'elle-même. La sauver de son sida. Maladie qui n'en est pas une. Mais qui contient toutes les autres. Toutes.

04 h 05 à l'horloge de mon PC.

Un deux trois nous irons au bois. Quatre cinq six cueillir des cerises. La lumière de l'écran éclaire le clavier que mes doigts brutalisent.

Le vent souffle dans les cerisiers japonais,
Les flocons de fleurs s'envolent,
Fleurs tardives, éphémères,
Retombent
Tapis de pétales rose pâle
Repose sur le pavé
Fleur précaire
Refleuris, arbre stérile.

C'est ça un texte incantatoire ?

06 h 05 à mon horloge interne. Sept, huit, neuf, dans un panier neuf. 789 comme 1789. 1789 comme la révolution des cerises. Je dois pouvoir en tirer quelque chose !

07 h 05, je suppose. Claire se lève. Ramdam dans l'appartement. Elle voudrait me réveiller. Elle s'imagine que je fais la grasse matinée. Écrire, c'est vrai, n'est pas un vrai métier. Mieux vaut professeur de français. Pardon, Professeur de Lettres. Elle ne peut pas faire moins de bruit ! Elle me déconcentre… Vieux phoque ! Bufflonne !

07 h 45 à l'horloge de l'église. Boules Quies dans

mes oreilles. Les filles se réveillent. Rendormez-vous... C'est dimanche !

08 h 45 à ma boussole. Mes vertèbres sacrées s'usent sur le plancher où je suis assise. Je griffonne sur mon clavier ; il y manque une touche, le K, Laetitia l'a arraché avec ses dents tout à l'heure, pour voir, si par hasard, il n'avait pas un goût de réglisse. Il était déjà malade, mon pauvre ordinateur, infesté de virus. À trop surfer sur Internet sans préservatifs...

09 h 30, je parie. Il serait question de Josiane et d'une coccinelle. Le règne des insectes avant 1789. La cigale et la fourmi. Comme chez La Fontaine mais avec une cigale sans logement. Et une fourmi séropositive.

10 h 11, me dit Claire avant de disparaître dans la salle de bains.

10 h 52 à l'horloge du micro-ondes. Je me réchauffe des lasagnes. Claire boit un verre de cette eau branchée, aromatisée à la fraise.

Début d'après-midi. Je touille un yaourt brassé. Bio. Ridiculement Bio.

— Et ton psychothérapeute japonais, Claire ?

Le rouge lui monte au visage.

— Je le vois demain.

Mes bras me grattent.

— Je lui ai parlé, l'autre jour au téléphone.

— Il est tenu au secret médical.

Urticaire géante. Le cou, le dos, les avant-bras.

— Depuis quand les psychothérapeutes sont tenus au secret médical, Claire ?

— Je vais prendre une douche.

Elle ment. Tout le monde me ment. L'univers s'est ligué

contre moi pour m'accabler de mensonges. Qu'ils crèvent. Que l'univers les avorte, tous.

18 h 12. Je me couche. Le soleil se couche après moi.

La nuit est un cauchemar, le jour, un mensonge, mais l'ordinateur veille mes insomnies. Je brode quelques lignes, j'ai mal au cul, j'écris par terre, le jour tarde. Je pense à Luc.

Quelle heure est-il? Le sommeil ne me trouve pas. Qu'elle continue à me le cacher, ça me dépasse. Je descends boire un café avec Madame Pas De Demande.

Madame Pas De Demande range ses petites affaires sur son carton ondulé. Je m'assieds à ses côtés. Elle ne refuse pas mon café. Elle ne l'accepte pas non plus.

— Mon mari est mort, et vous?

Elle se récure l'ongle du gros orteil droit.

— S'il y avait eu un moyen de le faire vivre, même avec son lymphome, j'aurais préféré, vous comprenez?

Elle se rince les pieds.

— J'aurais préféré qu'il ait le diabète, ou la maladie de Huntington, ou même le VIH, vous voyez?

Elle pue des pieds.

— Il paraît que ça se soigne le VIH avant qu'on tombe malade, non? On vit moins bien avec, on vit peut-être mal, des fois même, on crève, mais enfin... des fois... on vit, c'est mieux que rien, non?

Elle ne m'écoute pas. Claire ne me parle pas. Luc ne me répond jamais. À se demander si j'existe vraiment.

— Pas de demande! Pas de demande! Pas de demande!

Madame Pas De Demande ronfle sur son carton ondulé. Son menton couché sur le poitrail, un filet de bave aux lèvres, bienheureuse dans son malheur.

04 h 05 à l'horloge de mon PC.

Je me couche entre mes filles. Enchevêtrées dans le lit de Claire, nous sommes un corps à trois têtes et six jambes. Et comme je ne dors pas, elles dorment pour moi.

05 h 12 ? La boule au ventre s'éveille. Elle n'aime pas que je me couche sur le dos. Elle n'aime rien, alors... Soudain, elle roule brutalement. Je ne comprends pas, je ne comprends plus.

05 h 37, certainement.

Et si je meurs, qui s'occupera de mes enfants ? Deux enfants à donner, excellent pedigree. Si je les donnais à ma belle-mère stérile ?

Non, elle veut des bébés neufs, pas des enfants d'occasion.

Il ne faut pas que je meure. Pas avant d'avoir trouvé un appartement. Les filles pourront y continuer leur élevage toutes seules.

Claire peut bien crever, va. Moi, je refuse de mourir, c'est une question de survie.

Le sang a été disséqué.

Ce matin, le docteur Tokuda a dépouillé devant vos yeux les résultats livrés par votre hémoglobine. Votre non-maladie avance, votre système immunitaire déprime, telle est votre religion d'état, votre état est théocratique. La bête-dieu se fait l'hôte zélé de vos cellules T4. Elle y croît, s'y multiplie, puis les mange. Vous n'imaginiez pas ce virus cousin de la mante religieuse. Vous l'ignoriez, même si vous vous en doutiez, mais maintenant vous le savez et vous êtes obligée d'y croire.

Claire, les personnes ayant une charge virale importante développent le sida plus rapidement.

C'est ce qu'il vous a dit.

Claire, un traitement précoce n'est pas toujours recommandé, il peut y avoir un risque de résistance médicamenteuse ultérieure, mais il me semble que, dans votre cas, le bénéfice soit supérieur au risque encouru.

C'est ce qu'il vous a dit encore.

Oh, vraiment ?

C'est ce que vous lui avez répondu. Et vous êtes partie, sans trithérapie.

Il était midi. Vous n'aviez rien mangé de toute la matinée. Il est l'heure de dîner et vous n'avez toujours pas faim.

Que devez-vous faire de cette maladie ? Vous aviez réussi à tout balayer sous le tapis. Le sexe de votre père, les aigreurs de votre mère, le mépris de votre frère, les bassesses de votre mari. Vous aviez réussi à vivre avec toutes ces tares. Il suffisait de faire comme si elles n'existaient pas. Mais il y a tellement de poussière sous votre tapis. Où balayer la poussière maintenant ?

La nuit s'égoutte toute la nuit comme un robinet mal serré.

Vous ouvrez les yeux de l'autre côté de votre sang. Et vous le voyez.

En ce moment même, Il pénètre l'une de vos cellules, se reproduit, quitte la cellule multiplié par cent, la détruit au passage.

À l'instant, Il réduit en esclavage une autre cellule. Son nouveau larbin conquiert un nouveau territoire. Viol d'une nouvelle cellule saine. De cette union monstrueuse naissent des cellules géantes. Elles ont plusieurs noyaux. Incapables de survivre, elles sont suicidées.

Maintenant, Il se forge un bouclier. Dépose un leurre sur un lymphocyte. Le fait passer pour Lui. Votre système immunitaire dupé se retourne contre vous pour détruire votre globule innocent.

Alors, bestiole ou stratège ?

Vous en appelez à l'arbitrage de l'Éducation nationale.

À part ça, vous menez une vie absolument normale.

VIH, votre hôte.

Taille dérisoire, corpulence ridicule, intelligence supérieure.

TRIPES À L'ANGLAISE

Je consulte un site de colocation. Jeunes cons cherchent jeunes cons. Vieux cons cherchent jeunes connes. Quelques cons d'âge intermédiaire cherchent des cons d'âge indifférent. Loyers démentiels. Personne ne cherche une conne dans mon genre. Je passe pourtant cette annonce.

Cigale, veuve mais pas contagieuse, deux cochonnets très propres et bien élevés, cherche deux chambres même minuscules, dans maison de briques, même insalubre. Toutes infestations acceptées excepté boa constrictor, grand méchant loup et cerisiers japonais.

Je n'ai mal nulle part. C'est anormal. Mon foie sans doute décrépit dans mon dos. Saloperie… Je songe à la tartufferie de cet organe quand mon portable sonne sur la table du salon.

Voix d'une précieuse ridicule au bout du fil. Où l'ai-je entendue ? Elle m'évoque une poitrine requinquée dans une boucherie militaire. Des abats, des soldats et un Wonderbra.

— C'est madame Tripier à l'appareil… Nous nous sommes vues… il y a un certain temps mais… Êtes-vous toujours intéressée par l'appartement ?

— Bien sûr que oui.

— J'ai eu un désistement de dernière minute.

— Qui êtes-vous exactement ?

Cette femme qui m'a livré son nom mais dont j'ai oublié l'identité me propose une remise des clés, dans une heure si possible. Rendez-vous fixé à côté de l'École militaire.

— Je vous attendrai au fond de la cour de l'immeuble.

Elle conclut par cette étrangeté.

— N'oubliez pas de venir avec les chèques. Ou du liquide, si vous préférez.

Prendre un bus jusqu'à un terminus quelconque. J'emprunte donc le n° 82, *terra incognita* aux relents d'hospice, de sueurs mal contenues et d'aigreurs corrosives comme l'acide chlorhydrique. La plupart des indigènes de cette Volkswagen poissarde ne me reconnaissent pas, ne se reconnaissent pas, ne reconnaissent rien du tout, mais avoueraient tout si on leur chatouillait les pieds. Ils voudraient me faire bouillir dans une marmite, longtemps, assez longtemps pour que ma chair s'attendrisse. Après, ils s'entre-mangeraient. Vite, l'École militaire ou je fondrai dans leurs gosiers pour le goûter. Je sors de là, poisseuse comme une anguille, mais j'ai retrouvé la mémoire : Mme Tripier est charcutière.

Mes paupières tombent de fatigue.

Je n'éprouve aucune joie à l'idée de contracter ce bail avec la charcutière. Le trottoir mouillé de crachats roule sous mes pas d'aveugle méditant la désagrégation de toutes ses intégrités. Je suis une ruine. Enfin presque. Moral plombé, bitumé comme une ville grise enfermée dans ses murs, ville-lumière assombrie la nuit par des néons blafards qui se prennent pour des oranges. Mon regard se vide, mes sens s'éteignent. Une seconde infinie d'anesthésie me donne la mesure d'un court-circuit fatal, un désespoir inéluctable qui accouche de ces résignations définitives où succombent des avortons tels que Madame Pas De Demande. Ou pire qu'elle. Je n'en suis pas encore là. Je suis juste après.

Un vendeur de fripes négligemment adossé à sa vitrine ranime mon attention. Sa façon de héler sa voisine, une fleuriste, avec une si belle énergie. Habillé comme s'il sortait de l'adolescence, il doit avoir dix ans de moins que moi. Si ce n'est plus. Gamin de Paris, ou plutôt de sa banlieue, ce gavroche des cités me regarde fixement de ses grands yeux gris ombragés par un béret. Regard caressant, œillade gourmande et généreuse, pleine d'aspiration au plaisir. Cette délicatesse me procure une sensation fugace d'existence, comme un début de sauvetage ou une rédemption. Comme il est vivant.

Madame Pas De Demande libère mes pensées. Claire aussi.

Je déguste encore cette émotion quand je serre la main de la tripière. Ses nichons misérables sont toujours rembourrés par un Wonderbra. C'est toujours une fausse blonde. Ses dents rayent le plancher.

Assise sur le canapé de son faux deux-pièces, elle me livre des détails. Torrent de broutilles que je n'écoute pas, obnubilée par cette pensée obsédante : a-t-elle remarqué que j'étais habillée exactement comme la dernière fois ?

— ... Angleterre... Caution...

Empêtrée dans des explications confuses, elle ne prête aucune attention à mon accoutrement, je ne prête aucune attention à son allocution, jusqu'à ces dernières paroles.

— ... ce qui nous amène à un total de quatre mille quatre cent quatre euros et quarante-quatre centimes. Je vous épargne les centimes.

— Je m'attendais à deux mois pour la caution et un pour le mois courant.

Sa voix se trouble car un chat, un gros félin griffu pousse au fond de sa gorge de menteuse.

— Hum ! Il y a aussi les frais d'agence.

— Vous êtes une agence ?

— C'est ce que je vous disais à l'instant. J'avais un pas-de-porte autrefois, mais maintenant, je travaille en free-lance.

Son nez s'allonge. Feignons de croire ce Pinocchio en jupons. Ma crédulité la rassure.

— Ça n'existe pas, les agences free-lance en Suisse ?

— La Suisse est en retard pour tant de choses. À quel ordre dois-je remplir les chèques ?

La garantie et le loyer doivent être versés à Mme Baker. Association de malfaisantes.

— La propriétaire est anglaise. Je vous le disais à l'instant.

Je rédige mes chèques avec un flegme tout à fait britannique. Chèque avec provision, grâce au Centre national du livre qui a bien voulu me soutenir en m'accordant cette mirifique bourse d'encouragement.

Elle n'a pas fait long feu.

Ses chèques empochés, elle se détend comme après l'amour.

— La concierge de l'immeuble est un peu commère mais elle a le cœur sur la main, vous verrez. Et puis il y a le marché. Mercredi et samedi matin. Le quartier est très sympathique.

J'ai pratiqué ce quartier pour y avoir vécu quelques années avec Luc. Mais je ne dirai pas qu'il est sympathique. J'affirmerai que je ne le connais pas.

— Je me réjouis tout à fait de découvrir le coin.

Vous libérez votre balai du placard douillet où il faisait sa sieste. Il vous accompagne au salon où Juliette est assise comme un ver luisant au fond de votre canapé.

— Je ne veux plus vivre en ménage avec toi, Claire, j'ai déjà donné, assez de compromis, je veux vivre sans craintes, assez de freins. Tu as tort, Claire, la cohabitation n'est plus possible, je ne supporte plus ta chambre, ce studio est très bien, enfin il semble propre, sa propriétaire est anglaise et je vais réellement l'habiter.

Mais le père Goriot! Enfin... le père Grandet!

— Il ne m'a jamais répondu. Je savais que ton piston était foireux.

Et le contrôleur fiscal?

— Pas de nouvelles du contrôleur fiscal. On ne peut pas compter sur ces gens-là. S'il n'y avait pas les propriétaires anglais...

Vous ne dites rien. Vous n'en pensez pas moins. Elle peut bien vous abandonner, l'asticot éblouissant, votre balai ne vous quittera jamais. Ce balai, il vous aime, et vous l'aimez avec l'aveuglement d'un nouveau-né. Ou celui d'une vieille fille. Vous êtes née vieille, de toute façon, et vous mourrez prématurée.

— Pose ton balai, Claire. Tu as balayé toute la matinée.

Qui pour vous reprocher de balayer? Que celui qui n'a jamais balayé jette la première pierre.

— Ne fais pas cette tête, Claire, tu m'agaces, et ça t'enlaidit. Je déménage, réjouis-toi ; tu ne me supportais plus. Tu avais même changé la serrure, alors...

Juliette rassemble ses affaires dans d'innombrables sacs de voyage. De vieux cuirs distendus, déteints, éraflés pour avoir écumé trop de continents, tant d'océans, tant d'appartements.

— Je suis tellement contente d'avoir trouvé ce faux deux-pièces !

Mille deux cents euros par mois... Elle ne tiendra jamais... La vie vous quitte, Tijani vous a quittée, elle vous quitte. Tom, lui dites-vous, sera très malheureux, si elle s'en va.

— Pas de chantage, Claire.

Il vous manque déjà le temps où elle s'essorait dans votre salon.

Vous ne pouvez pas croire qu'elle s'en aille déjà. Vous vouliez qu'elle parte, c'est vrai. Votre chambre ne vous serait plus interdite. Vous pourriez l'assainir. Fini cette odeur de fumée froide. Ces tétines usagées semées sous votre lit. Ces taches de chocolat et de beurre sur les draps. Ces longs cheveux noirs accrochés à la moquette. Et votre téléphone que vous ne trouvez jamais quand il sonne. Vous vouliez qu'elle parte. Mais vous avez si peur qu'elle s'en aille.

Son linge sale s'empile dans un grand sac-poubelle.

— Toujours dormir avec toi, Claire, ça devenait malsain pour ton fils. Tu devenais pédophobe. Tu n'embrasses jamais ton fils. Tu l'étouffes sans le toucher. Tes silences m'étouffent.

Vous êtes perverse, c'est ça ?

— Absolument.

Et elle ne veut pas être complice ?

— Tu m'as bien comprise. Vous avez besoin d'intimité, ton fils et toi. Je m'en vais.

Vous la regardez faire ses valises. Oui, qu'elle moisisse

en paix dans sa prochaine solitude. Elle vous fusille du regard.

— Tu crois que je ne le sais pas, Claire ? Tu me caches *cette* chose, que tu ne veux pas nommer. Il faut croire qu'elle existe quand même, cette chose : tu t'isoles avec elle, tu t'y abandonnes.

Les traces de son passage dans votre vie s'effacent. Votre chambre se vide. Juliette s'apprête à attaquer la literie. Vous la dispensez de changer les draps. Vous vous en chargerez vous-même.

— Ne fais pas cette tête, Claire. Je ne t'emmerderai plus avec mes boudins de selle. Tu ne me feras plus chier avec tes faux secrets.

Vous la suivez jusque dans la salle de bains. Elle ramasse ses affaires dans votre armoire de toilette. Deux étagères se vident. Trois brosses à dents disparaissent du rebord du lavabo. Elle vous sourit.

— Au fait... J'ai retrouvé les clés de ta salle de bains sous ton lit... C'est Laetitia, je suppose.

Au salon, elle débranche son ordinateur portable. Vous suffoquez, c'est vous qu'on déconnecte. Juliette vivra très bien sans vous. Vous voudriez être sa maladie opportuniste. Son sarcome de Kaposi, sa toxoplasmose cérébrale. Un lymphome.

Vous la regardez, avec un air d'animal maltraité.

— Quoi encore !

Vous la suppliez de rester. Elle ne peut pas vous laisser seule !

Ses grands yeux noirs se fendent comme des amandes menaçantes. Une moiteur hostile imbibe son regard.

— T'accouches, Claire ? Dis-moi la vérité. La vérité toute nue. À poil.

La vérité se tait.

— J'attends, Claire.

Vous êtes muette.

— Alors ?

Vous finissez par lui parler de ses histoires d'utérus, de cirrhose, d'intestin.

— Te défile pas derrière mes boyaux, Claire. C'est vrai, de la merde, j'en ai plein les intestins, sûrement. Mais toi, t'en as plein les yeux, plein la bouche, plein les oreilles.

Vos ventricules palpitent. Votre aorte explose. La honte vous ravage.

— Tu ne me diras jamais alors ?

Votre hôte refuse de se montrer. Lui, se fiche du départ de Juliette. Elle est phobique de vos opacités, et lui s'en réjouit.

— Tu as raison, Claire... la merde, c'est le meilleur engrais qui soit. Mais c'est une denrée si répandue, la merde. La nature en crève, des excédents d'engrais. Je veux dire... la nature humaine... Mais moi, tu vois, je veux pas crever, Claire.

Juliette et la vie sur le palier. La mort et vous derrière la porte.

Vous la prévenez... une dernière fois... Si elle part... vous ne la laisserez pas revenir...

— Claire... Je ne me suis pas levée si tôt pour parler scatologie avec toi.

Non, vous n'êtes pas une merde.

C'est le temps, le coupable.

Le temps, ses mille espaces, et ses dix mille apparences.

Il est une barque trouée qui conduit vers la dernière page. Votre barque, vous auriez aimé qu'elle vous conduise sans fracas jusqu'au dernier rivage. Vous seriez morte très âgée, dans votre sommeil, sereine, sans souffrance. La Raison est une Déesse cynique, mais vous auriez traversé, malgré Elle, un long tunnel de lumière, au bout duquel vous auraient recueillie vos chers disparus dans des espaces infinis, mais bornés. Voilà ce que vous attendiez de votre barque. Vous n'êtes pas une merde. Vous n'êtes pas coupable. Ce sont les barques qui se renversent, ou se fracassent. Il y a ceux qui savent les rafistoler, ceux qui se fabriquent des radeaux, ceux qui, comme Juliette, se hissent sur de nouveaux vaisseaux. Juliette sait reprendre le cours du temps. Mais vous n'avez pas ce talent. Ce n'est pas votre faute. Vous n'êtes pas une merde. C'est juste que vous flottez dans une dimension où le temps n'existe plus. Dépouillée de votre passé, et sans avenir. Spectatrice de vos souvenirs qui défilent devant vos yeux au ralenti. Vous n'êtes pas une merde. Vous êtes juste déboussolée. Où le nord ? Par où le sud ? Comment l'Avenir ? Le virus vous a chassée du temps. Il vous a livrée à l'infinie finitude. Juliette n'aurait pas dû partir. Elle est coupable, comme le temps, complice du virus. Ils sont la mort.

« Très chère amie,

Vous avez bien voulu m'attribuer le deux-pièces de Madame Baker et je vous en remercie.

Cependant, nous sommes déjà le 7 novembre et je n'ai reçu à ce jour aucune quittance, ni pour la caution, ni pour le loyer, ni pour vos honoraires.

J'ai également remarqué que mes chèques avaient été encaissés sur un compte à votre nom, bien qu'ils soient censés revenir à Madame Baker. À son sujet, il semblerait que la procuration qu'elle vous a faite pour signer le bail ne soit pas valable.

Quelle est donc cette comédie ?

Dans l'attente de vos explications, je vous prie d'agréer, très chère amie, l'assurance de ma considération distinguée.

Juliette Ébinel »

Avant sept ans, le temps est votre ami, même si l'infini vous interroge. L'infini, on doit beaucoup s'y ennuyer. Mais vous n'y êtes pas encore : l'infini habite juste après la mort. Elle est si loin, vous êtes en vie. Vous n'avez pas sept ans, vous n'êtes pas une merde, le temps n'est coupable de rien, il ne vous a encore rien fait.

Un jour, vous soufflez sept bougies. Comme papa, comme maman, comme vos aïeux et vos aïeules, vous devenez morte, dans une sorte d'infini, d'où désormais vous snobez l'existence.

Vous grandissez dans le mépris de votre vie. Elle vous intéresse peu, elle ne vous intéresse pas, vous vous ingéniez à vous en désintéresser. Vous êtes une merde. Ça vous donne l'air intelligent. C'est de famille. C'est la règle, votre loi, votre foi, la racine essentielle de votre arbre généalogique : la vie, comme l'amour, n'existe pas, on vous ment. De la merde, oui, plein les yeux, plein la bouche, plein les oreilles.

Et vous rencontrez Tijani. Puis le virus. Votre barque se fracasse.

Mais... la faucheuse, au fond... vous ne l'avez jamais vue. C'est une inconnue.

D'ailleurs, elle est peut-être un homme, la mort ? Et si elle n'avait pas de sexe, la mort ? Et si elle les avait tous, les sexes, comme le sida, qui est le sexe et la mort et la faute, comme le temps, coupable de tout.

Après tout, Dieu est peut-être séropositif.

« Chère Madame Ébinel,

Pour faire suite à votre précédent courrier, je vous informe par la présente, comme la faculté lui en est permise, que Madame Tripier vous donne congé pour le 14 février prochain, suivant le délai légal de trois mois. Vous voudrez bien libérer les lieux à la date convenue.

Je vous confirme que ce congé est justifié et fondé en droit s'agissant d'une location en meublé.

À défaut de manifestation de votre part sous huit jours, j'ai pour instruction de saisir un huissier et le tribunal.

Me A. Chevalier,
notaire, docteur en droit »

LE BEAU LÉON

Juliette vous livre une guerre perfide qui déshonore le genre humain. C'est une guerre invisible, aveugle, lancée sans déclaration préalable. Elle a de la ressource, c'est un stratège romain doublé d'un guerrier zoulou, vous n'êtes qu'un soldat franc, à la limite germanique.

Vous la croisez à peine au lycée, vous pouviez vous y attendre. Il est pourtant votre champ de bataille. Elle s'arrange toujours pour donner l'assaut, à grand bruit, une minute après la sonnerie. L'offensive est lancée tous les lundis dans votre classe. Elle a su, grâce à son atelier d'écriture, y pétrir jusqu'aux meilleurs de vos élèves pour en faire des armes retournées contre vous. Son venin instillé, elle les lâche, toujours un quart d'heure avant l'heure, de préférence sous le nez du proviseur. Rassérénée par les incendies qu'elle déclenche, elle s'autorise alors à quitter le lycée, à grand fracas.

Vous qui la preniez pour une amnésique déboussolée, vous découvrez une femme de guerre assoiffée de conquêtes. Elle sait se régler comme une horloge quand il s'agit de nuire. Une alliance secrète semble même s'être nouée entre cette tacticienne hystérique et Rose, la Professeur de Philosophie.

Juliette divise pour régner, mais son royaume est sans sujets. Pourtant, ses graines de discorde portent déjà leurs fruits. Vous encaissez respectueusement les remontrances hebdomadaires de votre proviseur, et vous croyez savoir que l'engagement de Juliette ne sera pas renouvelé l'année prochaine.

Vous la connaissez assez pour savoir à quel point elle s'en fiche. Sa liberté n'a pas de prix. Pour la garder, elle se paye le luxe de se priver de tout. Elle y gagne votre déchéance, de l'or à ses yeux. Cet or ne vous intéresse pas. Vous ne faites pas, vous, si grand cas de votre vie. Mais si les colères du proviseur n'ont sur elle aucun effet, vous supportez mal qu'il élève la voix contre vous. Certes, votre métier ne vous apporte plus de grandes satisfactions. Vous avez perdu, il est vrai, la foi en votre vocation. Mais pour rien au monde vous ne voudriez que l'Éducation nationale se sépare de vous, même si vous rêvez de la plaquer.

Voilà où vous en êtes.

Voilà comment elle espère se venger de ses mécréants divers et variés.

Voilà aussi comment elle espère vous soutirer des aveux forcés.

Il est là son butin de guerre, mais elle ne le trouve pas, sa rage en est décuplée, sa colère est sans limites, Juliette est la foudre incarnée. Elle veut que vous lui avouiez quoi ? Qu'en un an, un virus donne naissance à cent quarante générations ? Qu'à chaque génération, une souche nouvelle résiste à la trithérapie ? Oui, le sida sourit à toutes les révolutions. Solide comme un chêne et souple comme un roseau. Il plie souvent mais ne rompt jamais. Vous enviez cet instinct de survie. Cette capacité d'adaptation si proche de celle de Juliette. Cette manie de toujours rebondir. Elle a cette faculté-là aussi, mais non, elle ne vous obligera pas à vous soigner.

Juliette vous tuerait, pour vous obliger à vivre.

La Salle du Jeu de paume se vide. Le groupe se disperse. Juliette ne s'est pas montrée aujourd'hui. Elle sèche, sans doute, sur le poème incantatoire promis à Josiane.

Vous partez seule, remontez une avenue, arpentez deux boulevards. Un coup de vent nettoie le ciel nuageux. Vous arrivez sur le Pont-Neuf. Paysage éternel admirable. La Seine glauque surtout. Vous attendez. Vous attendez peut-être Juliette. C'est Léon, le théâtreux des États Généraux, qui s'accoude au parapet.

Vous échangez un sourire silencieux.

Une péniche débouche, chargée de béton. Avec Léon, vous regardez dans la même direction. La barge glisse doucement vers le port de Bercy. Léon hume les brumes grises et vous montre le quai de la Mégisserie, où les bouchers d'autrefois dépeçaient des agneaux.

— On a retrouvé un saurien là-dessous, vous dit-il, il y a longtemps.

Il vous a suivie ? lui demandez-vous.

— Je suis à pied... oui.

Un vandale lui a volé sa bicyclette bleue.

Alors vous marchez. Marchons, marchons, qu'un sang impur abreuve nos sillons. En marchant, Léon vous raconte ce crocodile qui se promenait dans les égouts de Paris vers 1982, ou 1984. Il ne sait plus très bien. En le suivant, vous lui racontez le crocodile millénaire de Juliette. Un vieux marronnier en vérité. Il digère son buffle près de la tombe sacrée.

— C'est une marrante ta copine.

Oui. Il lui arrive même de s'endormir sur la tombe de son mari. Elle vous manque, c'est bizarre.

— Vous ne vous voyez plus ?

Si. Mais vous ne vous parlez pas. Vous ne vous êtes jamais vraiment parlé.

Léon vous sourit. Un sourire franc. Marchons, marchons. Dans les campagnes, sans doute, mugissent de féroces soldats.

Léon, c'est un grand bonhomme, un peu ventru, très dégarni. Hormis le théâtre forum, et la comédie, il prépare un grand voyage en Chine, pour l'été prochain.

Il vous subjugue.

Vous ne marchez plus ensemble, car vous marchez derrière lui, sur des chemins étroits que vous connaissez par cœur, mais que vous ne reconnaissez plus car, déjà, vous ne reconnaissez que lui.

Vous voilà dans sa maison.

Vous n'osez pas le toucher.

Lui n'ose pas parler.

Il vous déshabille.

Ses rideaux sont fermés mais le jour perce quand même. Tremblez tyrans, et vous, perfides. Vous n'êtes pas fière de votre embonpoint. Qu'on fasse taire votre peau d'orange. Vous fermez les yeux pour vous cacher de vous-même et pour mieux sentir Léon qui caresse vos seins. Que la victoire accoure à ses mâles accents. Son ventre est rond, mais lisse, et doux. Vous oscillez entre le plaisir de sa peau contre vous et le dégoût de votre cuir contre lui. Peau vieille et malade et menteuse qui vous emballe. Mais lui caresse, encore et encore. Même vos seins. Prémices infinies. Des prémices, vous n'en avez jamais connu d'aussi longues. Ni de plus douces. Vous ne vous saviez pas si sensible des reins. Ni de la nuque. Pourquoi l'avoir su si tard. Il est toujours trop tard.

Un préservatif traîne sur sa commode. Vous n'y auriez pas pensé. Il y pense pour vous deux. Vous retenez votre souffle. Et perdez une nouvelle virginité.

Que vos ennemis expirants voient votre triomphe et votre gloire.

Léon vous rappelle, enfin.

— C'était bien, Claire, l'autre jour, on peut se voir tout à l'heure ?

La vie, plus forte que vos hésitations. Vous êtes un déchet immonde, mais une pépite palpite en vous, la Seine ne l'engloutira pas.

Les jours passent.

Léon vous dévore, encore et encore et encore, et vous vous taisez, toujours et toujours et toujours. Une capote vous sépare. Mais Léon vous donne l'espoir quand vos corps s'embrassent.

Les jours passent encore.

Ses doigts goûtent votre sexe mouillé. Votre ventre a faim de ses moiteurs. Bientôt il voudra s'abreuver de vos humidités. Que faire alors ? Vous y pensez mais vous n'y pensez pas.

Les jours passent, toujours.

Votre bouche a le désir impérieux de sa queue. Plaisir interdit, comme celui de sa langue entre vos petites lèvres. Il ne le réclame pas.

Et un jour, vous réalisez que Léon vous attache à l'existence, c'est tout. Vous êtes si bien amarrée à lui, vous voudriez vivre mieux. Vous lui donnez tant d'énergie. Vous n'avez plus la force du déni. Vous êtes fatiguée de lutter contre le mal invisible.

La nuit, votre miroir vous dit que vous êtes belle. Que vous seriez plus belle encore si vous vous soigniez un peu. Que vous n'avez rien à y perdre. Que vous avez tout à y gagner. Alors, un beau matin, vous appelez le docteur Tokuda. Sa voix est enrouée de sommeil. Mais il est disposé à vous voir. Il vous voit.

— Vos analyses remontent à fin octobre, Claire. Il faudrait peut-être les refaire.

Vous trouvez qu'il pousse un peu. Il prend vos mains, et les serre paternellement. Finalement, il consent à utiliser ces analyses trop vieilles pour lui. Votre non-maladie s'est sûrement avancée un peu plus, votre système immunitaire est peut-être encore plus déprimé. Comment infliger ça à Léon ? Vous supportez déjà mal de vous l'infliger à vous-même.

— Claire, il peut y avoir un risque de résistance médicamenteuse, je vous l'ai dit. Mais il me semble que, dans votre cas, le bénéfice soit supérieur au risque encouru. Avec une bonne multithérapie, nous devrions pouvoir ramener votre charge virale dans des limites plus acceptables.

Vous en êtes ravie. Absolument ravie.

Il s'agit donc de combiner trois principes actifs et bientôt, possiblement, votre système immunitaire se rétablira. En partie. Pas de guérison définitive, cependant. Bon. Après tout, lui dites-vous, la vie aussi est une maladie mortelle.

— Ne confondons pas tout, Claire...

Oui, c'est vrai, la vie est plus élégante que le sida, n'est-ce pas ?

— Pas toujours, Claire. Et vous n'avez pas le sida, n'oubliez pas. Vous êtes juste séropositive. Entamons néanmoins un premier plan thérapeutique.

Et il vous explique, en rédigeant son ordonnance : deux capsules le matin, en une prise à jeun. Six gélules en trois prises aux heures des repas. Deux comprimés en une prise le soir, sans contrainte alimentaire particulière, mais éviter cependant de les prendre à la suite d'un repas trop gras. Telle sera votre posologie. C'est ce qu'il faudra dire à Léon, mais vous ignorez toujours comment.

— Prenez cette ordonnance. Je vous recommande, avant de commencer le traitement, de vous habituer à la régularité avec des placebos. Échauffez-vous une semaine avec des bonbons en guise de médicament.

Vous le quittez. Une semaine de bonbons, c'est ce qu'il vous a conseillé. Les bonbons, si vous avez bien compris, c'est pour s'habituer à prendre les médicaments régulièrement.

Vous réfléchissez. Aux bonbons. À la régularité. Au temps qui coule comme une mélasse, qui suinte comme une pâte à bonbons. Et vous commencez la confiserie.

Deux bonbons jaunes à l'heure du lever, deux bonbons rouges après le petit déjeuner, se brosser les dents, vaquer à ses occupations habituelles, deux bonbons rouges entre le fromage et le dessert de midi, remplir le lave-vaisselle, ne pas oublier les deux rouges pendant le dîner qui sera pris à heure fixe, se brosser les dents et enfin, avaler deux bonbons bleus avant dîner, c'est-à-dire avant les bonbons rouges, à moins qu'on ne décide de prendre les bonbons bleus après dîner, ce qui est possible en théorie puisque les bonbons bleus ne sont soumis à aucune contrainte alimentaire particulière, si ce n'est celle de ne pas être pris après un repas trop gras, auquel cas ils seraient mal ingérés par l'intestin, en conséquence de quoi il vaut mieux les prendre avant dîner, ce qui a des avantages, comme celui de les prendre avant les bonbons rouges mais aussi des inconvénients, comme celui de les confondre avec les bonbons bleus, ainsi, comparativement au risque encouru, et eu égard au bénéfice espéré, mieux vaut, peut-être, les prendre une fois couché.

Trois jours de bonbons déjà et vous n'y comprenez toujours rien.

Une fois, vous avez pris un bonbon vert à la place du rouge. L'autre fois, vous vous êtes levée avant l'aube. La prochaine fois, vous confondrez l'aube et le crépuscule, le jaune et le bleu.

Pourtant, ça devrait être facile, vous êtes née dans une horloge. Mais vous vous en êtes évadée. Et il faudrait retourner en prison ? Vous oublierez vos comprimés, vous confondrez vos capsules et vos gélules. Il vous faudra sans doute une autre semaine d'échauffement. Et puis une autre, encore une autre, toujours une autre.

Cette maladie... Vous n'arrivez pas à prendre conscience.

Le jour tombé, vous vous emmitouflez dans un manteau de culpabilité, et vous sortez. Vous entrez dans cette pharmacie. Le pharmacien, navré à la lecture de votre ordonnance.

— Si vous supportez mal le traitement, il est indispensable de prévenir votre médecin rapidement.

Voilà ce qui vous attend. C'est ce qu'il faudra dire à Léon. Vous ignorez toujours comment.

LE BEL OLIVIER

Manifestement, ce dernier mois n'en est pas un, même s'il prétendait s'appeler novembre. Il est un mammifère arboricole et végétarien, le paresseux.

Les mouvements de ce mois paresseux, Sieur Crocodile, sont particulièrement lents. J'ai beaucoup pleuré, Sieur Crocodile, au cours de ce mois de novembre, mais ça ne m'a pas porté chance. Ainsi, les assistantes sociales... fourmis peu prêteuses, ça oui.

La première affichait son mépris pour les personnes sans emploi mais ne cachait pas son admiration pour les écrivains. Surtout pour les écrivains maudits comme elle se plaisait à m'imaginer. En confiance, je lui servais les épisodes de ma vie, dans l'ordre, en finissant par mon hébergement chez Claire, puis le faux deux-pièces dont, déjà, on prétendait m'expulser, et de la manière la plus expéditive.

Elle s'émut de mon sort. Cependant, me dit-elle, je n'étais pas de cette élite recherchée par les offices HLM. Il eût fallu que mon emploi fût stable, et mes revenus réguliers, et salariés de préférence. Certes, j'avais deux enfants, et c'était une bonne moyenne ; mais l'une était malade, leur écart d'âge était suspect, d'ailleurs, n'étaient-elles pas nées de pères différents, et dans des pays différents, et moi-même, j'étais née dans un troisième pays, la Belgique ? C'était amusant, mais ce n'était pas sérieux. Et compte tenu de... comment dire... l'instabilité de ma vie, pouvait-on espérer de moi de la stabilité dans le paiement d'un loyer ?

Et mon compagnon ?

Il était mort, quel grand malheur, mais pour être honnête il eût été plus raisonnable de nous marier de son vivant, et aussi... ce lymphome... dont il était décédé... si jeune ?

Et si une nouvelle tuile me tombait sur la tête, qui paierait le loyer de mon logement social si on m'en donnait un ?

Bref, j'étais un cas presque social, elle me conseilla donc de chercher dans le logement privé.

Je m'épanchai dans une nouvelle oreille, qui m'écouta longtemps, dans un silence très professionnel, raconter les malheurs qu'elle connaissait par cœur. Du haut de son grand âge et de son expérience inouïe, elle m'éclaira.

— Mon pauvre petit. Qu'est-ce que vous voulez que j'y fasse. Il y a pire. Pourriez-vous faire entrer la personne suivante en sortant s'il vous plaît ?

Personne suivante. Mon oreille collée à la porte. À l'issue d'une de ces longues écoutes qui l'avaient rendue sourde, elle rassura cette personne suivante.

— Mon pauvre petit. Qu'est-ce que vous voulez que j'y fasse. Il y a pire.

Et elle fit entrer la personne suivante, s'il vous plaît.

Survivre à tout, malgré tout, comme Madame Pas de Demande ? Comment se lave-t-elle les pieds quand l'eau se solidifie en hiver ? Le degré d'humanité est-il inversement proportionnel au degré Celsius ? A-t-elle exercé la prostitution dans son ascension vers la déchéance ? Comment gravir une échelle la tête en bas ?

La troisième tentative fut mon plus beau fiasco. D'abord, elle supportait mal que mon père ait été un riche diplomate. Elle m'aurait préférée rescapée d'un génocide quelconque, même si elle trouva une maigre compensation dans le fait que mon père avait perdu sa fortune dans une campagne politique, puis la raison dans une geôle. Mais elle ne me pardonna pas d'être calibrée pour ses plus hauts échelons :

— Avec vos beaux diplômes, vous pouvez bien trouver du travail comme tout le monde !

C'était une femme jeune, acariâtre, en sommeil. Je lui ai dit le fond de ma pensée.

— Comme vous, madame, j'ai déjà été esclave salariée, dans une banque. C'était ailleurs. C'était autrefois. Je m'ennuyais tellement. La vie n'est pas faite pour s'ennuyer, vous ne croyez pas ?

Je lui expliquai comment, dans une autre vie, j'avais gagné ma vie à la perdre comme le fait encore ma sœur aujourd'hui. Moi, j'avais démissionné. Églantine, elle, souffre d'un ulcère à l'estomac et de mycoses génitales. Je rappelai encore à cette assistante sociale ce que les statistiques lui avaient enseigné même si elle feignait de l'ignorer : les femmes seules avec enfants ne valent rien sur le marché aux esclaves.

— Vous me direz, chère madame, que je n'aurais jamais dû m'affranchir du marché du travail. Que je devrais me repentir et remettre mes chaînes... Eh bien non ! Je ne les remettrai pas. D'ailleurs plus personne ne veut m'enchaîner. Ma cote serait probablement meilleure sur le marché du sexe, vous ne pensez pas ?

Elle voulut me mettre à la porte, je résistai.

— Imaginons, chère madame, un marché idéal, où l'on se fiche de votre état civil, du nombre et du sexe de vos enfants, de vos origines, de votre périmètre fessier, de votre religion, de vos signes particuliers, des écoles que vous avez fréquentées, de l'adresse de votre dernier employeur, de votre numéro de sécurité sociale, du certificat de mariage de vos parents, de l'identité de votre médecin traitant, de ce que vous pensez de l'homéopathie, de l'acte de naissance de votre fille aînée, de votre numéro d'allocataire, de vos allergies, de votre opinion sur le problème du tatouage, de votre carnet de vaccinations, du dernier film que vous avez vu au cinéma, du renouvellement de votre tarif de cantine, de l'Irak et de l'Afghanistan, de la déviation de votre cloison nasale, du certificat médical de votre neurologue, de votre bordereau fiscal P237, de l'élasticité de votre périnée, du nombre et du sexe de vos frères et sœurs, de la couleur de vos yeux, des adresses où vous avez résidé depuis votre naissance, de votre casier judiciaire, de vos hobbies, de vos motivations, de l'orthographe de votre nom de famille, des attestations de votre caisse d'allocations familiales, de votre taux d'alcoolémie après un verre de rhum blanc, de vos insomnies, de votre secteur de scolarisation, de tout ce que vous avez raté ou réussi dans votre existence.

Elle me mit à la porte. Je criai.

— Est-ce cela le marché du sexe !

Mon cul, c'est vrai, est aussi bien fait que ma tête. Avec mon joli cul, je peux bien faire la pute comme tout le monde.

Peu charnu, mon cul est une coquille sans mémoire, comme ma tête. Son âge est avancé, mais il reste un produit pour lequel la demande est supérieure à l'offre car je n'en ai qu'un. Hippolyte, notamment, a déjà déposé plusieurs offres d'achat sur mes fessiers. Seulement j'ai trop d'amour pour mon derrière. La croupe, Sieur Crocodile, n'est-elle pas le fondement de l'humain ? Mon cul m'inspire la même tendresse que l'équateur séparant mes hémisphères, le même attachement que mes intestins spasmodiques, la même affection que mon ventre amnésique, la même sympathie que ma condition de mortelle. Un jour, j'espère surmonter mon préjugé sentimental pour embrasser le cynisme de tous les marchés. Car *l'amour n'existe pas.* Et Dieu non plus, tel est le fondement de tous les mercantilismes.

D'ailleurs, Sieur Crocodile, je devrais peut-être vous éventrer. Vous êtes un saurien millénaire, et votre estomac regorge d'antiquités qui, selon les lois du marché, devraient faire ma fortune : bracelets d'or et d'argent portés par les jeunes filles offertes en sacrifice, fusil enrayé de quelque explorateur téméraire, collier de perles de l'épouse du riche colon, et même la pipe d'un administrateur AÉFien.

Oh et puis arrêtez de pleurnicher ! D'autres ont été éventrés avant vous !

Une dernière cigarette avant le grand voyage ?

J'expulse Laetitia de sa poussette que je charge de deux kilos de pommes. Achetées en fin de marché à moins d'un euro le kilo, elles feront d'excellentes compotes et aussi de ces tartes dont j'oublie le nom. Un nom tout bête pourtant. Bête comme ce foutu crocodile, que je n'ai pas eu le cœur de charcuter. Je suis trop sentimentale.

Le téléphone joue un air de Chopin dans mon sac.

J'en fouille les poches intérieures et extérieures, je ne trouve pas ce téléphone qui pleure et que je voudrais consoler. Soudain, le silence. Mon téléphone ne sonne plus, il a cessé de respirer, il est mort étouffé dans les replis de mon cuir artificiel. C'était Claire, sûrement. Ou une nouvelle enchère d'Hippolyte ?

Nous attendons un bus qui ne vient pas. Mais au moins l'identité de cette fameuse tarte me revient.

— Il s'agit de la tarte Tatin, mes filles, des sœurs du même nom. Elles étaient religieuses à leurs heures perdues.

— Leur doit-on les religieuses au chocolat ? me demande Yuki.

— Ma fille, tu pourras raconter ceci à tes petits-enfants, qui seront des filles elles aussi. Très longtemps, j'ai cru que les religieuses de pâtisserie tiraient leur nom des mantes religieuses, ces cousines des sauterelles qui donnent leur nom à des femmes cruelles mangeuses d'homme.

Moi qui aurais dévoré ce pauvre Olivier…

Point de bus. Pluie acide. Pas de parapluie.

Le bus enfin, surchargé malgré l'heure creuse. Il est bondé, surtout au centre où je n'ai jamais compris pourquoi les passagers aiment s'agglutiner. Même quand il reste des places assises, surtout quand une femme affublée d'une poussette tente de rejoindre son espace réservé. On a beau écrire noir sur blanc, rouge sur vert, ou bleu sur jaune « ici, place aux poussettes », les voyageurs de toutes conditions se complaisent dans leur muflerie bovine. Tenaces dans leur goujaterie.

Mais soudain, une fleur surgit au milieu du fumier, m'aide à coller ma poussette contre une paroi, à coller le nez de mes enfants contre les vitres sales. Et c'est à ce moment, ce moment de paralysie totale où je ne sens rien hormis un désagréable picotement sous les aisselles, c'est à ce moment que Claire, c'est elle forcément, décide de me rappeler. Je la hais. Je les hais tous. Qu'ils crèvent dans des souffrances intolérables.

Un peu plus tard, nous sortons du bus, poisseuses comme un mucus malade. Notre abominable cocon retrouvé je consulte ma messagerie. Ce n'était pas Claire. Ce n'était pas Hippolyte. C'était M. Grandet, responsable du Logement Intermédiaire à l'OPAC de Paris. Il a bien voulu déposer un mot sur mon répondeur. En effet, il a bien reçu mes deux courriers. En effet, en effet, il a bien mon dossier. Je suis priée de le rappeler. Alors je le rappelle.

Une voix humaine me répond, sans passer par la boîte vocale. La secrétaire ne fait pas barrage. Elle est aimable, c'est incroyable. Enfin, la voix de mes rêves immobiliers caresse mon conduit auditif. Ses cordes vocales jouent une jolie musique.

— Mademoiselle Ébinel bonjour. Comment allez-vous ? Vous souhaitiez me voir je crois. Vous écrivez un livre sur le logement social alors ?

— Tout à fait. J'ai presque fini.

Il panique.

— J'ai bien reçu votre dossier.

— Vous avez un appartement sous la main, en ce moment ?

Il est désolé mais il ne peut pas dire exactement. Ça dépend des congés, des expulsions et d'un tas d'éléments assez complexes. Quant à moi, personne ne me fera avouer que le notaire de Mme Tripier veut m'expulser pour le 14 février. Mais il ne pourra pas. Car je m'accrocherai à la trêve hivernale. Et à M. Grandet, qui me prête son épaule que je souille d'infâmes menteries.

— Je suis hébergée, dans des conditions épouvantables, chez cette amie qui apprend le français à Honoré-de-Balzac.

Je l'entends sourire. Pourquoi il sourit ? Pire encore, il retrouve son aplomb.

— Il me manque les pièces de monsieur Benchétrit, mademoiselle.

— Pardon ?

— Monsieur Olivier Benchétrit, le contrôleur fiscal avec lequel vous cherchez un logement.

Olivier n'est hélas jamais reparu à mon atelier d'écriture. Mais je promets tout.

— Je vous fais parvenir ces pièces la semaine prochaine, sans faute.

— Parfait ! Nous restons en contact, alors... Au revoir !

Prestation téléphonique tout à fait minable. Il a voulu savoir quel fouille-merde j'étais. Je lui ai montré un mammifère inoffensif, demandeur de logement vulgaris.

Reste Olivier. Un coup de téléphone à l'espace Ionesco, le centre culturel où je feins l'exercice d'un métier tous les samedis matin, m'apprend qu'Olivier suit désormais les cours de yoga. La réceptionniste finit par me divulguer son fixe, malgré le règlement.

J'appelle. Ding. Ding. Ding. L'arnaqueuse sonne toujours trois fois.

— Oh ! Juliette…

Il est content de m'entendre, on dirait. Moralisons les débats. Il a manqué les douze dernières séances de l'atelier. Vraiment, ce n'est pas bien. Comment pense-t-il rattraper son retard ?

— Je t'avais laissé mes coordonnées, Olivier… pour que tu m'appelles en cas de besoin. Tu t'en souviens ?

Parfaitement. Ça l'avait beaucoup gêné.

— J'étais un peu effrayé… Tu m'as semblé si… entreprenante. Je suis extrêmement timide, tu sais.

— Dans ce cas, venir à l'atelier te ferait le plus grand bien.

Mais en attendant, retrouvons-nous dans un café pour y organiser une séance de rattrapage. Quand ça ? Eh bien… je ne sais pas moi ! Tout de suite, ça irait ? Et puis c'est mercredi, ça tombe bien, non ? Oui… bon… d'accord… mais à cinq heures alors.

J'enfile une longue jupe mauve déchirée sur un jupon violet. Les crochets de mon gilet noir découvrent quelques millimètres de peau. C'est pour laisser passer l'air. Bonjour, je m'appelle Juliette, et je suis attifée comme une liane victime d'urticaire géante. J'écume les cafés où je chasse le contrôleur du fisc.

Effet garanti sur le serveur qui me regarde sans comprendre qu'on puisse être en retard à un rendez-vous avec moi. Ce païen de contrôleur du fisc a bien dix minutes de retard.

Je finis ma deuxième tasse de thé et m'en ressers une. Je connais l'identité de mes mains, mais qu'en faire dans cette attente humiliante ? Je déteste attendre, ça m'oblige à penser. Je pense à ce que je ne peux pas dépenser. Je pense à l'argent toujours, que j'attends sans cesse. J'ai sur mon compte de quoi vivoter huit semaines, sans folie, avec parcimonie, au ralenti, à l'économie.

J'entame ma troisième tasse de thé. Toujours pas d'Olivier. Ajoutons un nuage de lait à mon noir breuvage. Et quatre sucres rapides. Je suis très sucre en ce moment. Absolument sucre.

Mes souliers vieillissent. J'en porte deux paires en alternance. Pas question d'en changer. Pas question non plus d'acheter un nouveau pantalon, pourtant je suis si maigre, je pourrais m'habiller au rayon enfant. Laetitia s'habille d'un rien. À bientôt trois ans, elle porte encore les vêtements de ses dix-huit mois. Pour Noël j'aurais voulu lui offrir des vêtements à sa taille. Et une guitare Playskool. Et pour Yukiko ces épouvantables Nike qui s'exhibent partout.

Sensible au lapin transgénique qu'Olivier semble me poser, le serveur m'offre une assiette de cacahuètes dont l'odeur indique une forte imprégnation d'urine. Il pose aussi l'addition sous mon nez. Je refoule l'arachide et repousse l'addition.

Je suis triste. J'ai les boules. Les boules de Noël. Noël, c'est dans trois semaines.

Quatrième tasse de thé.

Olivier apparaît enfin, trois quarts d'heure après l'heure.

Il embrasse mes joues glaciales de ses lèvres sèches, s'assied face à moi, commande une Badoit.

— Je suis heureuse de te revoir, Olivier.

Il est muet. Aphone peut-être ?

— C'est vrai, Olivier, je suis très émue.

Je retiens une larme de crocodile. Sa gorge timide s'irrigue d'une gorgée de Badoit. Et soudain un flot de paroles déferle de sa bouche désaltérée.

— Je sors d'une histoire d'amour terrible avec une fille que j'avais rencontrée sur le Net. J'avais bien tenté d'autres modes de rencontre plus naturels avant. Mais ça ne marche pas. Les femmes sont tellement exigeantes de nos jours. Elles veulent tout. Une époque je fréquentais des dragueurs. Des types que je jure de ne plus jamais revoir parce que au fond ces types-là méprisent les femmes. Pas moi. Alors moi, j'ai préféré Internet et j'ai rencontré cette fille. Une libraire pleine d'avenir parce qu'elle est responsable du rayon livres d'art dans une grande librairie du quatorzième arrondissement. Tu connais le quatorzième arrondissement ? C'est très chouette le quatorzième arrondissement. Le parc Montsouris est très agréable surtout entre neuf et dix heures du matin. La lumière est si jolie à cette heure-ci.

Le torrent de ses paroles m'engloutit dans ses remous écumeux. Je suis inondée de ses eaux salées. Je coule. Vite un seau pour écoper ma barque.

Pour conclure, il sort d'une histoire d'amour terrible avec cette demoiselle rencontrée dans une agence matrimoniale virtuelle, elle l'a pratiquement réduit en esclavage car il se demande pourquoi mais il attire irrésistiblement les femmes manipulatrices.

— Ah oui ? je m'étonne.

— Oui... Et je dois bien reconnaître que... les manipulatrices m'attirent énormément. Mais je me soigne... Toi, par exemple, tu as l'air douce. Mais tu vois tu m'attires aussi. C'est bon signe non ?

— Avec moi, tu ne risques rien, je ne supporte pas la manipulation.

Une inspiration prodigieuse indique son soulagement. Oui, ça se voit sur mon visage que je suis une femme honnête. Au fond, dit-il encore, ce n'est pas si mal sa rupture avec la libraire parce que leur vie sexuelle n'était pas très intéressante, il a un problème d'érection, un gros problème d'érection.

— Je ne faisais pas souvent l'amour avant elle, alors c'était un peu difficile. Et en plus...

Et en plus il bande mou. Il compte bien guérir de cette tare aussi. Et pour le reste, il a acheté un livre éducatif où l'on apprend à repérer et à combattre les manipulatrices. Parce que c'est juré, on ne l'y reprendra plus.

Luc n'avait aucun problème d'érection.

Luc, si tu voyais ce que je deviens sans toi.

Les mensonges misérables que je tisse à longueur de journée. Il n'y a pas de nuance dans l'univers des mécréants. Tout est noir ou blanc. Il y a les bons et les méchants. Et je surpasse les méchants à force de les côtoyer. Olivier n'est ni bon ni méchant. Il sera mon épée. Il est mon Excalibur. Il me conduira au Saint-Graal.

— Mais je parle... je parle..., dit Excalibur. J'ai pas l'habitude de me livrer comme ça normalement je suis muet comme la pierre. Ça vient de toi. Tu me fais un drôle d'effet. Et... Et toi alors ? Ta vie ?

Je m'apprête à lui réclamer ses dernières fiches de salaire mais, soudain, je me souviens à voix haute.

— Laetitia ! Il est sept heures et la garderie ferme à six !

Un tableau morbide naît de mon effroi.

— C'est qui Laetitia ? s'inquiète Excalibur.

J'éclate en sanglots.

— Oh... Olivier... si tu savais... j'ai des problèmes...

Son regard dégouline de compassion. Excalibur est mûr. Je l'arracherai bientôt de son fourreau de pierre. Enfin, je dis la vérité, presque toute la vérité. S'il n'accepte pas de monter ce dossier avec moi, je ne trouverai jamais de vrai logement.

— De toute façon, tu n'as plus le choix Olivier car j'ai déjà parlé de toi à monsieur Grandet. Alors tu es obligé.

Il transpire à grosses gouttes.

— Tu veux qu'on vive ensemble!

Entretenons cette illusion.

— Oui, Olivier, je le veux.

Soudain, il se parle à lui-même. Chez lui, dit-il, c'est si petit. Et avec moi c'est vrai il guérirait plus vite de sa libraire, cette horrible manipulatrice qui écume le Net pour dévorer les pauvres insectes dans son genre. Elle, c'était une vrai mante religieuse, alors...

— Juliette, il faut que je réfléchisse.

DE BEAUX DRAPS

Le téléphone sonne. Comme tous les jours depuis sept jours, vous ne répondez pas à Léon. Non, vous ne répondez pas car vous êtes occupée. Avec vos diarrhées. Depuis sept jours longs comme cent sept ans.

La fiente, vous connaissez. Mais vous ne l'attendiez pas si tôt. Effet secondaire de vos remèdes. Pourquoi secondaires ? Ils jouent le premier rôle. Vos intestins pleurent de grosses larmes brunes, chiasse salutaire et régulière. Dix fois par jour, vous désodorisez votre cabinet de toilette. Subtil parfum de lavande.

Les substances perverses vous avilissent pour vous sauver. Vous subsistez, n'existez plus. Vous ne tolérez pas ces médicaments.

Tolère ou crève.

Êtes-vous à ce point tolérante ?

Léon sonne à votre porte. Planquée dans votre chambre, sous les draps de votre lit, vous faites la morte. Vous ne répondez pas à Léon. Il pleure sur le palier. Le voir ? Pourquoi ? Dans votre état ? Le mot *sida* est écrit sur votre front. Votre foie dépérit déjà, sans doute. Vos jambes se transformeront, bientôt. Votre ventre, énorme demain. Votre fatigue incommensurable. Poches bouffies sous les yeux. Cernes bleus et creux. Et vous prétendez lui donner ça ? Sur un plateau d'argent ?

Il y aura toujours un préservatif entre vous.

Le préservatif, ceux qui n'en mettent pas vous font la leçon. Ils proclament que c'est très rigolo, un préservatif. Ils prêchent l'érotisme de la capote. Ils peuvent bien dire, leur légèreté vaut les couvertures de vos aïeux et les vernis de vos grands-mères. Le préservatif ne fait pas le bonheur.

Léon ne vous baisera pas longtemps emballé dans une capote. Et vous détesterez bientôt baiser sous vide. Vous entendez ses pas qui s'éloignent dans l'escalier. Votre silence l'a chassé. Vous voudriez qu'il revienne.

Vous appelez le docteur. Il est toujours là pour vous. Vous chuchotez. Il n'y a toujours personne chez vous, pas un chat, pas âme qui vive, vous vous cachez de Léon encore et de vous-même surtout. Allô docteur, bobo.

— C'est dans l'ordre des choses, Claire, ça va probablement passer.

Et si ça ne passe pas ?

— Nous envisagerons d'autres solutions. Les antirétroviraux sont parfois toxiques, Claire. Le début de la thérapie peut s'accompagner de maux de tête, de diarrhées, de vomissements et de troubles du sommeil.

Et ce gras derrière la nuque. Vous étiez déjà ronde. Vous allez devenir grosse ?

— La lipodystrophie est un trouble métabolique courant chez les personnes qui ont suivi un traitement précoce. Ne vous découragez pas. Les effets secondaires les plus fréquents sont bien connus des médecins.

Et les autres ?

— Les effets plus rares ou d'apparition tardive ne sont pas toujours bien repérés. Du fond du cœur, je suis avec vous, Claire. Bientôt, nous mesurerons à nouveau votre charge virale. Elle devrait sensiblement diminuer, et vos T4 se restaurer.

T quoi ?

— Les lymphocytes, des globules blancs, nous en avons déjà parlé. Si vous voulez… ils expriment l'état de votre système immunitaire que nous contrôlerons également. Claire, je vous fais parvenir une ordonnance pour soulager vos troubles intestinaux. N'hésitez pas à m'appeler, si vous éprouvez encore le besoin de parler.

Parler, parler, parler, toujours parler. Vous avez surtout besoin des caresses de Léon qui finira par vous lâcher. Vous l'appelez. Répondeur. Vous aimeriez lui demander de venir. Et vous vous entendez dire que vous êtes en voyage scolaire à Dublin. Quelque temps. Et que vous ne savez pas exactement quand vous rentrez.

— Mère, ça n'est plus possible. Vous ne mangez plus que ces gommes à l'eucalyptus, votre nez est couvert de points noirs, vos soutiens-gorge s'effilochent. Vous vous étiolez. Mais s'il n'y avait que ça. Non, il n'y a pas que ça, mère : vous êtes exécrable, vous m'agressez pour des broutilles, vous vous insultez vous-même sans raison. Quel exemple pour Laetitia ! À trois ans, elle connaît déjà ces... ces mots que mon jeune âge m'interdit de prononcer devant vous. Et s'il n'y avait que ça. Non il n'y a pas que ça. Votre cuisine est exécrable elle aussi.

— Ma fille, tu dis n'importe quoi. Je ne peux t'écouter plus longtemps.

— Mère, il faut agir. N'attendez rien de ce contrôleur fiscal. J'ai une piste, moi. Nous avons rendez-vous ce soir à dix-neuf heures pour visiter un appartement.

— Mon dieu ! Qu'as-tu fait !

Elle a pris un journal gratuit dans une boulangerie. Depuis quand elle fréquente les boulangeries ?

— Mère... J'achète un paris-brest tous les mercredis dans la boulangerie voisine de mon école depuis deux ans déjà. C'est vous qui m'y avez emmenée la première fois.

— Je n'ai jamais fait une chose pareille.

Son journal et son paris-brest en main, elle s'est assise sur un banc public, a sorti un feutre rouge de son sac à dos puis a souligné les petites annonces immobilières correspondant à ces critères.

— J'ai coché les appartements proches de mon collège, avec trois chambres et deux salles de bain.

L'inconsciente a donc retenu trois appartements de caractère, sis au dernier étage d'immeubles classés du septième arrondissement de Paris.

— Ma chère enfant... as-tu conscience du loyer de ces appartements ?

— Tout à fait : ils étaient annoncés.

— Ne vois-tu pas que je me nourris de pâtes pour vous acheter de la viande !

— Des pâtes ? C'est surtout ces bonbons à l'eucalyptus. Je connais nos contraintes, Mère. Mais j'ai aussi remarqué que ce même journal tenait une rubrique matrimoniale. Votre profil correspond à ce que recherchent certains hommes déçus par une — ou deux — première expérience amoureuse. Ils sont âgés et ont beaucoup d'économies. Et à ce qu'on dit, vous n'êtes pas trop vilaine.

— Tu vendrais ta mère ?

— Vous ne voulez pas faire un mariage de raison, n'est-ce pas ? Je l'aurais parié. C'est dommage car j'ai pris trois rendez-vous avec quelques quinquagénaires tout à fait distingués. Vous êtes sûre que vous ne voulez pas ?

— Ton rendez-vous pour visiter un appartement, c'est une annonce matrimoniale !

— Non, c'est Élodie.

Élodie est la jeune demoiselle qui a répondu à son appel, suite à l'annonce passée par sa mère dans le journal : un trois-pièces à louer dans le quinzième arrondissement.

— À vrai dire, l'appartement ne correspondait pas du tout à mes critères. J'ai fait une erreur en appelant l'annonce qui suivait celle que j'avais sélectionnée. Mais je ne suis pas mal tombée. Élodie et moi avons tout de suite sympathisé. Elle vit seule avec sa mère, tout comme moi avec vous avant l'arrivée de Laetitia. Elle apprécie énormément les mangas et Slipknot. Le J-rock aussi. Bref, nous sommes convenues de nous rencontrer ce soir à dix-neuf heures.

— Qu'est-ce qui te fait croire que ça va marcher ?

— Une intuition. Je suis une femme, Mère, ne l'oubliez pas.

Yukiko m'encourage. Nous n'avons pas un sou, c'est vrai, mais nous sommes riches de notre sympathie et de mon talent de faussaire. J'envoûterai Mme Leclerc, la mère d'Élodie. Elle regretterait vite de nous avoir loué son appartement, on aurait sûrement des problèmes, on finirait par se faire jeter dehors, mais ça nous laisserait le temps de trouver une autre solution, encore une autre solution. Peut-être même qu'on trouverait une solution définitive avant d'être expulsées. Nous aurions ainsi le privilège de nous mettre à la porte nous-mêmes, comme nous allions le faire du faux deux-pièces, cette triperie anglaise dont nous ne payons plus le loyer.

Le bus nous conduit à la porte de Versailles.

Certes, je comptais prendre certains engagements auprès d'Olivier. Mais me rappellera-t-il un jour ?

Assise dans sa poussette, Laetitia se bat rageusement contre sa ceinture en traitant quiconque ose la regarder de « caca pourri ». Yukiko chronomètre la course et m'annonce qu'il lui faudrait vingt-huit minutes et trente-quatre secondes pour rallier son collège à la porte de Versailles. C'est sans compter les dix minutes de marche qu'il faut encore pour atteindre l'immeuble, en montée. Immeuble en pierre de taille très soigné.

Yukiko me donne le code d'entrée à voix haute quand une dame d'un certain âge, trop certain pour être la mère d'Élodie, s'arrête devant la porte pour entrer dans l'immeuble.

— Ne dites pas le code si fort… Il y a des oreilles malveillantes.

Je me confonds en excuses. Alors que je m'apprête à laisser la poussette de Laetitia dans l'entrée, elle me recommande de la cacher dans un recoin obscur, derrière l'ascenseur, parce qu'on ne sait jamais.

— T'es méchiante, lui dit Laetitia pour la remercier.

Sans rancune, la vieille dame me déconseille de prendre l'ascenseur parce qu'un jour, il y a douze ans, il est tombé en panne et elle est restée coincée à l'intérieur pendant une heure et quart très exactement.

— Je ne l'oublierai jamais…, mugit-elle.

Ensemble, nous prenons l'escalier et son beau tapis rouge. Nous la quittons au premier étage, lui souhaitant bonne soirée.

— Je monte jusqu'au sixième…, se plaint-elle d'une voix déjà essoufflée.

Je colle mon index à la sonnette, les yeux fixés sur cet étrange appendice de peur d'oublier qu'il s'agit d'un doigt. J'espère aussi me souvenir de mon prénom. Quant au reste, je l'oublie puisque je dois l'inventer.

La porte s'ouvre sur une petite femme brune et malingre. Un regard noir et chaleureux malgré une tristesse accusée par des cernes géants. Cette femme est dépressive.

L'intérieur de l'appartement confirme ma première impression. Des travaux ont été entamés et abandonnés brusquement. Les murs du hall d'entrée sont couverts d'un enduit posé trop vite. Le papier peint du salon est en partie arraché. Le parquet attend une machine à poncer. Des fils électriques dénudés courent dans le couloir et des prises arrachées des murs pendouillent vers le sol. Quatre ampoules électriques constituent le seul éclairage de l'appartement. Un beau piano droit mange la moitié du salon. Mme Leclerc nous offre un thé.

Bien vite, elle me dit se prénommer Malika. Nous causons condition féminine et maternité. J'établis mon faux profil. Je m'appelle Juliette. J'ai trente-cinq ans. Je suis séparée du père de mes filles depuis quelques années déjà, mais nous nous entendons très bien tous les deux même s'il vit à l'étranger. Elle glorifie ma réussite sociale, mon équilibre sentimental, elle qui souffre tant des affres d'une séparation indigeste.

Yukiko et Élodie se retirent dans une chambre avec Laetitia.

Comment peut-elle louanger l'éducation de mes filles alors que Laetitia hurle à la mort pour qu'Élodie consente à lui donner une sucette ?

Trop vite, elle me raconte le père de sa fille qui la harcèle. Elle a vécu dans cet appartement avec lui mais ce n'est pas son nom qu'elle porte, c'est celui de son premier mari. C'est lui — son premier mari — qui a pris le crédit pour l'appartement. Elle, avec son tout petit salaire de secrétaire, elle ne pouvait pas. Tout est au nom de son premier mari, M. Leclerc, et pas au nom du père de sa fille. Mais c'est elle qui paye le crédit. Elle aurait voulu rester dans cet appartement, Élodie est si triste de s'en aller, mais elle n'a pas le choix. Au chômage depuis six mois elle ne peut plus payer le crédit. À son âge c'est dur de retrouver du travail dans le secrétariat.

— Quel âge vous me donnez ?

— Quarante... deux... trois ?

— Je suis née deux ans avant la guerre d'Algérie.

Et ça crève les yeux.

Moi ? Je m'appelle toujours Juliette. J'ai toujours trente-cinq ans. J'habitais autrefois avec mes enfants dans un appartement très agréable, mais un jour, mes propriétaires qui étaient expatriés en Corée sont rentrés en France.

— Ils ont souhaité récupérer leur appartement.

— Quel dommage.

— Non, c'est normal. En attendant de trouver autre chose nous louons un deux-pièces.

Notre deux-pièces est spacieux, lumineux, très agréable, et la propriétaire est anglaise, charmante. Mais il nous manque une chambre. Alors on voudrait changer. On n'est pas pressées, bien sûr.

— Je ne suis pas pressée non plus. C'est-à-dire... je dois inscrire ma fille dans une nouvelle école... Vous voyez, il y a un coup de peinture à passer mais ce n'est rien du tout... Je renonce à un mois de loyer pour les travaux.

Ne pas parler d'argent car il n'est pas un problème. Pourtant, elle finit par en parler. Affabuler.

— Je gagne dans les quatre mille euros par mois avec des ateliers d'écriture.

Je n'attends pas qu'elle demande mes fiches de salaire pour lui présenter des faux. Elle n'y jette pas le moindre coup d'œil.

— Je vous fais confiance...

Impossible. Cette femme n'a jamais fait confiance à personne. On l'a trop trahie, ça saute aux yeux. Toute sa vie, elle a appris à ne compter que sur elle-même. Elle se fiche de la confiance. Elle se fiche de mes beaux yeux. C'est autre chose, quelque chose qui se cache sous son air trop fragile.

Une petite lueur malicieuse au fond de son œil m'indique une solide arnaqueuse. Je renifle. Je n'arrête pas de renifler. Mon flair de chienne errante détecte une experte dans l'art de l'escroquerie. Quelle est donc cette comédie ?

Longtemps, elle me fait l'éloge de son psychologue et des petits commerçants de son quartier. Les écoles ne sont pas mal à condition que mes enfants ne soient pas surdouées. Parce que sa fille, Élodie, elle est surdouée, c'est certifié par un expert alors elle a eu toutes les peines du monde avec l'école traditionnelle. Mais heureusement, elle, sa mère, elle a fini par trouver une école adaptée. Heureusement qu'elle s'en occupe de sa fille, parce que s'il fallait compter sur son père... Le futur locataire ferait mieux de changer les serrures parce qu'on ne sait jamais, il pourrait passer sans prévenir, son père, il a toujours les clés. D'ailleurs c'est un peu à cause de lui qu'elle doit s'en aller. Il lui a mis des juges aux fesses pour avoir un droit de garde.

— Ma fille n'a aucune envie de voir son père.

Et il y a les voisins. Ils sont tous propriétaires de leurs appartements. Ils sont très sympathiques mais il vaut mieux ne pas leur adresser la parole, excepté pour dire bonjour ou au revoir. D'ailleurs, si elle me choisit, ce ne sera pas la peine de leur dire que je loue cet appartement. Oui, parce que, il faut encore qu'elle en touche un mot à son premier mari, mais elle pense que... peut-être... ce sera à moi qu'elle louera cet appartement. Elle me sent bien, je suis seule avec deux enfants, elle sait ce que c'est. Attention à M. Robineau, du troisième étage, c'est un raciste. D'ailleurs, tous les voisins ont dit au syndic qu'ils ne voulaient pas de Noirs dans l'immeuble. Alors il faudra qu'elle réfléchisse... Mais à part ça, ils sont très aimables. D'ailleurs je ne suis pas tout à fait noire, non ? Oh et puis il faudrait que j'aille voir comment la voisine du cinquième a refait son appartement ! Une merveille... Ça pourra me donner des idées pour les travaux à faire dans le sien. Je pourrais abattre une cloison là. Et pourquoi pas là ? Hein ce serait une bonne idée non ?

Enfin... il faut d'abord qu'elle en parle à son ex-mari.

TRAMPOLINE

Vous le retrouvez dans un café.

Il attend des explications. Pourquoi ces longues semaines de silence ? Il n'y a pas de téléphone à Dublin ! Mais il est content de vous voir. Vous êtes enfin rentrée de ce voyage en Irlande.

Vous vous croyiez prête à tout lui dire. Mais c'est à lui que vous demandez des comptes : est-ce qu'il voit quelqu'un d'autre ?

Quelle honte... Mais il ne vous en tient pas rigueur. Il ne vous tient rigueur de rien. Marchons, marchons jusqu'à votre maison. Qu'un sang impur abreuve vos sillons.

Vous avez lu quelque part que rien ne vous interdisait la fellation. Mais il faut faire attention. Vous avez entendu aussi qu'il pouvait vous lécher. Mais juste un peu. Un tout petit peu.

Vous faites l'amour dans le noir. Sa langue. Ses mains. Elles sont faites pour vous. Mais dans le noir, seulement. Parce que vous ne voulez pas qu'il voie votre corps. Qu'il vous voie. Qu'il vous devine.

Peu à peu, vous vous absentez de votre couple, pour le sauver.

Il s'endort souvent dans votre lit. Il semble heureux, si loin de vous. Vos règles perdues de vue, vos sueurs nocturnes, vos bouffées de chaleur, votre vagin desséché, tous les symptômes d'une ménopause précoce. Et lui dort, heureux comme un enfant assoupi. Il rêve, peut-être, à vos seins.

Vous, vous êtes au bord du vomissement. Une nausée qui ne veut pas se vomir. Ou qui se dégueule trop fort. Cracherie jaune qui jaillit de votre estomac. L'acide gastrique qui ronge vos dents. Le papier toilette, qui essuie vos lèvres souillées.

Il rêve, toujours.

Avec le temps, on s'installe dans la souffrance, paraît-il. On, peut-être, mais vous pas. Vos intestins qui se débrident, votre estomac qui s'arc-boute.

La souffrance s'annule par inclusion, dit-on. On dit peut-être, mais vous, franchement, vous ne savez pas.

Il dort. Vos seins. Ils sont si beaux. Il sont faux. Et alors ?

Vous prenez vos médicaments, en cachette toujours. Vous les prenez quatre fois sur cinq. Planquée dans les toilettes, vous appelez le docteur Tokuda.

Les règles sont parties, docteur, et les diarrhées... revenues...

— Les laboratoires, Claire, ne prennent pas en compte les spécificités physiologiques et morphologiques des femmes dans l'élaboration des médicaments. Les effets secondaires sont donc, possiblement... plus importants.

Docteur, pourquoi souffrir ?

— Courage Claire. Je sais que vous êtes courageuse.

On dit des femmes qu'elles portent tous les courages...

Il dort. Une flambée de désir vous consume, à satisfaire somnolente. Il faudrait trouver un préservatif, l'ouvrir sans le déchirer.

Adieu la douce léthargie.

Rédhibitoire le préservatif.

Vos flambées nocturnes devraient faire des feux d'artifice somptueux, la maladie les fait retomber, comme des soufflés. Mais il semble heureux, si loin de vous.

La pluie crève son nuage et s'abat sur la ville avec une ardeur redoublée. Il pleut sur la ville comme il pleut dans votre cœur. Non, votre cœur est sec. C'est vos yeux, qui coulent. Mais vous ne pleurez pas. Vous ne vomissez plus. Et vous ne chiez pas. Toutes vos glandes s'assèchent. Effets secondaires de vos silences. Votre corps se met au secret.

— Liberté ! Liberté chérie ! s'écrie Josiane.

Son enthousiasme déferle sur moi bien que la liberté soit un mollusque au goût de pétoncle, l'égalité un chapelet d'oignons, la fraternité une variété de mantes religieuses.

— Je suis tellement contente de te voir, Juliette ! Alors notre texte ? Ça avance ?

— Bien sûr. J'ai presque fini.

— Au fond, dit Xavier, nous n'aspirons qu'à fonder une humanité nouvelle, Juliette.

Xavier excuse l'absence de Freha. Elle est chez le coiffeur. Samir ne viendra pas non plus. Il digère la mort de son fils. Isabelle, elle, est plus cancéreuse qu'hier et moins que demain. Un dénommé Léon, qui animerait des séances de théâtre forum, manque aussi à l'appel, et Claire est portée disparue. Xavier m'accable d'un regard chaleureux.

— Où en es-tu de notre texte, exactement ?

— J'ai des idées. Des tas d'idées.

— Comme quoi ? me demandent Roland et ses quarante-sept ans d'exclusion.

— Comme La Fontaine, je dis.

Moussa me regarde avec un air intrigué.

— Une fontaine de jouvence ?

Arrive un grand bonhomme ventripotent et chauve. À peine excusé pour son retard, il s'inquiète de l'absence de Claire et demande de ses nouvelles. Il s'appellerait Léon. Et il ne prend aucune nouvelle d'Isabelle, ni de Samir, ni de

Freha. Claire semble son unique préoccupation. Moussa lui lance des regards haineux.

— Claire est encore partie à Dublin ? s'inquiète Léon.

Claire n'est pas en Irlande, elle n'y a jamais mis les pieds à moins que l'Irlande n'ait déménagé du côté du lycée Honoré-de-Balzac. Moussa regarde Léon, et verdit de jalousie. Moi aussi. Je le défie.

— Vous... vous êtes qui pour vous préoccuper de Claire à ce point ?

— Je suis comédien. J'anime un théâtre forum.

— À la place de mon atelier d'écriture !

— Non ! se récrie Josiane pour calmer mon ego. Parallèlement !

— Mais pour Claire, tu es qui ! je demande encore à Léon.

Moussa, carbonisé de jalousie, explose brusquement.

— Ça ne va nous mener nulle part tes sketches, Léon. On n'est pas là pour faire des sketches. Il faut faire des propositions concrètes, pour les exclus.

Léon encaisse sans broncher. Mais quand même, il tousse un peu car ses bronches sont sensibles à ce commentaire désagréable. Josiane réplique avec douceur.

— Moussa, le ministère des Affaires sociales se fout des propositions et des exclus. On en a déjà fait, des propositions, mais ça n'est pas leur problème.

— *On* ! rugit Roland. Qui ça *On* ! Parce que vous êtes des exclus peut-être !

— Non..., se récrie Josiane pour ne pas blesser l'enfance difficile de Roland. Ce que je veux dire c'est que...

Roland se renfrogne. Et il meugle, comme un taureau pacifique qui ferait la liste de ses griefs.

— Y en a que pour les assistantes sociales dans votre

histoire. Les États Généraux, je voulais que ce soit pour les exclus. Les exclus ne sont pas assez représentés, même dans ce groupe.

Il me regarde comme s'il cherchait l'assentiment et le soutien d'une camarade de classe, d'une sœur de race, d'une vache laitière. Seulement, je n'ai jamais appartenu aux classes, ni à aucune race humaine ou bovine. Léon susurre.

— Juliette, connais-tu le théâtre forum ?

— Non. Mais je suis tout à fait pour.

Soudain, la porte s'ouvre sur une femelle vêtue d'un tailleur triste comme une vie ratée. Elle nous met gentiment à la porte car nous occupons cette salle ministérielle sans autorisation. Josiane proteste avec véhémence.

— Allez dire à ceux qui vous envoient que nous sommes ici par la volonté nationale et que nous n'en sortirons que par la puissance des baïonnettes.

Alors, la fille au tailleur nous envoie un agent de sécurité un peu frêle mais très intimidant. Nous nous replions dans les couloirs, sans opposer la moindre résistance. C'est alors que mon ventre se met à durcir, ma cirrhose à mugir. Je jaunis, c'est certain.

— Tu as l'air fatigué, me dit Josiane.

— Permettez que je m'allonge par terre. Petite chute de… tension.

Ma conscience se referme. Il fait noir. Un lymphome encombre ma mémoire. Lymphome à croissance rapide. *Le lymphome est agressif chez votre compagnon, madame, car les cellules malades sont immatures. Elles souffrent d'un défaut de mort programmée.* Ma lymphe, claire comme de l'eau de roche, circule dans tous mes vaisseaux. Luc est là, debout dans une barque qui navigue sur une mer lymphatique. Il danse la mort sur ce vaisseau percé, qui prend l'eau, qui prend la lymphe, qui sombre, et Luc ne se bat plus, il me dit *Vivre c'est se détacher*. Il s'est détaché, de tout et même de moi. Je voudrais me détacher. Mais je ne peux pas, quelqu'un me baffe vigoureusement.

Un casque d'or est penché sur mon visage. Je le reconnais.

— Vous êtes le 18.

— Vous avez eu un malaise.

Je découvre les cinq prolongements qui parachèvent ma main.

— Ils s'appellent des doigts, je n'ai pas oublié, tout va bien.

— Et vous ? Comment vous appelez-vous ? me demande le pompier.

— Je suis la peste. Oui, c'est comme ça que je m'appelle.

Il me sourit. Comme il est pur, comme il est joli.

— La peste peut-être pas. Mais un malaise vagal, c'est possible.

— C'est qui ce Vagal ?

Une divagation de mon nerf vague.

Je suis enchantée de faire la connaissance de ce nerf si intime. Comme chacun, m'inculque le beau soldat, j'ai deux nerfs vagues. Ils forment une paire qui naît dans mon bulbe rachidien.

— Bulbe ? Je l'ai toujours su, l'Homme est un oignon. Il fait pleurer quand on l'épluche. Il faudrait l'éplucher sous l'eau, mais on risquerait de le noyer car il n'est pas amphibie.

Je suis un oignon vagotonique, me dit le pompier.

— Une prédominance de votre système parasympathique pourrait expliquer la lenteur de votre pouls.

— Parasympathique ? Comme lymphatique ?

— Non. Comme sympathique.

— Je ne suis pas sympathique. Je suis un lymphome. Et j'ai tué mon mari. Maintenant retournez dans votre oignonière et occupez-vous de vos oignons.

Je voudrais l'émincer, le hacher menu, mais les yeux me piquent. Je me relève, les pompiers s'en vont, je prends congé.

— Je dois y aller, je vais chercher Laetitia à la garderie. Pour une fois que je suis à l'heure.

Josiane s'inquiète.

— Tu devrais aller voir un psychiatre.

Léon s'inquiète aussi.

— N'oublie pas la prochaine réunion, Juliette, c'est le 5 janvier. On fixera le calendrier de nos représentations. En principe, nous jouerons nos pièces dans un centre d'accueil pour SDF, peut-être La Mie de Pain, ou La Moquette, on verra…

— Tu mélanges tout ! lui crache Moussa. La Mie de Pain et La Moquette c'est pas du tout la même chose, mais tu t'en fous, pourvu que tu aies un public à subjuguer… Tu vas les obliger à faire tes rondes et tout ça ? Tu crois pas qu'ils ont autre chose à foutre ! Moi aussi j'ai autre chose à foutre !

Mais Moussa n'existe plus pour Léon, qui l'exclut de sa lutte contre l'exclusion et se retourne vers moi.

— Je te disais Juliette… La Moquette ou La Mie de Pain… Nous espérons jouer devant trois dizaines d'assistantes sociales et un collectif de dix-sept maires en colère. Comprenez bien tous… Je fais ça gratuitement… C'est un acte de militance.

— Il faut que j'y aille, je dis, j'ai besoin de faire pipi.

— Ah je voulais te dire ! me lance Josiane. On va essayer

de trouver un comédien pour lire ton texte au Trocadéro. Quand tu l'auras écrit bien sûr…

Je le vois d'ici, le comédien, une femme à grands cheveux noirs, nue sous une robe bleue.

Josiane ne me laisse pas partir sans me remettre une enveloppe gonflée de lettres qui pourraient, paraît-il, m'inspirer.

Une fois dehors, j'appelle Olivier. Il est sur messagerie. À cette heure-ci ?

J'appelle Claire. Elle décroche. Je lui raccroche au nez.

Des parasites dans les oreilles, des échos lancinants, avec un soupçon d'acouphène, ça crie, ça chuchote, ça murmure, ça vrombit, je suis harcelée par ces misères, vingt, trente ou quarante lettres me vrillent les tympans.

Je suis, Monsieur Sarkozy, veuve de guerre et mère de cinq enfants. Mon propriétaire engage une procédure d'expulsion contre moi, pourtant je n'occasionne aucun trouble de voisinage.

Bon.

Celle-ci est écrite sur du papier mauve.

Vivant à la rue, notre frère boit tous les jours et ce fait du mal en ce taillant les veines avec du verre.

Madame Chirac, je viens par la présente vers vous dans le seul espoir que ma lettre soit lue par vous personnellement.

Je vous lis.

Actuellement, Madame, le coût de la vie est très chère.

Dépensez moins.

Il y a des cités à Saint-Denis où vivent des gens polygames. Ils n'ont pas plus d'un an sur le territoire français mais eux on les loge dans les HLM.

À ce que je sache, Mme Mitterrand ne s'est jamais plainte de la polygamie de son mari.

Aidez-moi, Monsieur le Préfet.

M'avez-vous apporté votre quittance de loyer ?

Plus de logement, plus de travail, plus de dignité, tant d'efforts et de privations pour rien, la honte, l'échec et la fin.

Et votre bordereau P237, qu'en avez-vous fait ?

Au secours !

Personne suivante, s'il vous plaît !

J'ai dû attendre deux ans, Monsieur le Président.

Madame le peuple, je n'ai pas le temps, je siège au conseil de sécurité.

Je perds pieds.

Mangez du flan aux courgettes.

Merci de prendre cette lettre au sérieux.

Bien entendu.

Vraiment, si je vous écris, c'est que je compte sur votre implication car je pense que vous êtes un Ministre qui a des idées et surtout vous êtes humain et réaliste.

Vous m'avez, Cher Monsieur, bien cerné.

Devons-nous être inquiets ?

Je ne crois pas, non.

Aidez-moi à sortir de cette impasse.
Je suis en rendez-vous.

Voilà, je vous explique rapidement ma situation, j'ai 30 ans, une femme extra, et Félix, extra, ça c'est le bon côté des choses.
Je me refuse, Félix, à étrangler la ville de Paris sous la pression de SDF trop élevés.

Comme vous le savez, je suis au centre de détention de Rouen. J'ai 77 ans le 16. Je suis asthmatique et crains le froid. J'ai appris que vous alliez à Dieppe pour l'inauguration du viaduc, j'espère que vous aurez le beau temps.
Moi aussi, je vous remercie.

Croyez-vous cela normal ?
Non, évidemment.

Madame la Ministre sauvez mon honneur et ma fierté.
D'accord.

En 2002, j'ai rencontré une personne à Emmaüs et nous nous sommes mariés.
Bravo.

Ma fille a été placer en foyer par le juge pour enfant.
L'eau est la seule boisson indispensable.

Si personne ne m'aide pour qu'on soigne mon éventration correctement une bonne fois pour toutes, je finirai, Monsieur le Ministre, par mettre fin à ma vie.
Vous devez faire des efforts.

Je vais aussi prendre quelqu'un qui va me faire un courrier qui cera rendu publique afin de dénoncée ce malaise qui ce passe dans lès prison française.

Vous n'aviez qu'à pas voler l'orange du marchand.

Mon avocat leur a parlez de la jurisse prudence Papon, pour que je soye bien traiter en tan que persone agé, le Juge a tout simplement répondue en rigolant, que moi je m'apelais Boulard et non Papon.

Faites un stage contre l'illettrisme !

Hautre chose, je suis presque aveugle, je suis Hasmatic, attein d'une bronchitte chronique à la quelle je ne suis pas soignier.

Moi, Monsieur, je suis un pays industrialisé.

Je prends ce jour contacte avec Monsieur Courbey de la télé qui lui prendrat surment contacte avec vous ou avec les droits de l'homme, et je cés c'avec lui cella avancera, car il n'est pas pour lès abus de pouvoires de la Magistratures.

Pour qui vous prenez-vous !

— Claire, j'ai sous les yeux les résultats de vos analyses.

Les choses semblent s'accélérer, on dirait. Votre état empire, c'est ça ? Vous exhalez un silence coupable.

— Ce bilan m'interpelle, Claire.

Déni joyeux de votre maladie. Qu'est-ce qu'on en a à faire de ces résultats ? De votre bilan médical ? Il suffirait de faire comme s'il n'existait pas. Le balayer sous le tapis. Alors vous lui dites que, d'après vous, les évaluations prennent une trop grande place dans la société. Les résultats, vous vous en fichez.

— Alors qu'est-ce que vous foutez chez moi ?

Vous fuyez ce regard perçant.

— Votre charge virale reste trop éloignée de son seuil de détection. Et vos T4... Avez-vous pris les médicaments dans les doses prescrites et aux moments fixés ?

Vous le suppliez de ne pas faire votre avocat général. Vous le faites très bien vous-même. Pourquoi, lui demandez-vous, prendre des médicaments alors que le virus ne s'est pas déclaré ? Après tout, vous n'êtes pas malade ! C'est les médicaments qui vous rendent malade ! Comment retenir vos diarrhées ? Où arrêter vos vomissures ?

Mélancolique, il regarde, à côté de la fenêtre ouverte, son diplôme de médecin qui dépérit dans du verre dépoli.

Le virus se multiplie, vous dit-il. La thérapie vous nuit, vous apprend-il. De nouvelles souches vous envahissent. Tout ça parce que vous ne prenez pas régulièrement vos médicaments. Il faut changer d'horloge.

— Claire, une thérapie ne peut être efficace que si vous acceptez la maladie. En acceptant la maladie, vous acceptez de vous soigner. C'est une chance de pouvoir se soigner.

Oui, un privilège. Mais enfin, ça se dégrade... si vite ?

— Personne ne sait avec exactitude pourquoi le système immunitaire s'affaiblit plus vite chez une personne et plus lentement chez l'autre. Plusieurs facteurs entrent en jeu... type du virus, sous-types, prédisposition génétique...

Vous êtes génétiquement prédisposée à la fragilité, c'est vrai. Et vous ne vous privez pas, pour une fois, de le lui raconter : vos parents... ces agents pathogènes. Alors voilà... aujourd'hui, vous êtes une vieille barbaque.

— Et votre amie, la veuve africaine ?

Juliette ! Mais c'est comme si elle était retournée en Afrique !

Il en paraît désolé. Vous le rassurez. Ce n'est pas grave, lui dites-vous, parce que vous êtes amoureuse, maintenant... Son œil frise. Vous le dégrisez. Vous lui apprenez que cet homme, Léon, il ne sait pas pour le virus.

— Commencez par en parler à l'homme qui vous a contaminée.

Et vous regardez vos seins. Ce que Benoît vous a fait sans le savoir, vous l'avez fait à Jean-Guy en le sachant. Encore que... Benoît l'ignorait-il, vraiment ? Tokuda coupe le fil de votre pensée :

— Certes, votre organisme produit des milliards de virus chaque jour, mais la trithérapie les retirerait de la circulation si vous vouliez bien vous y conformer. Votre histoire, vous avez les moyens de l'écrire vous-même, Claire.

Des milliards de virus ! C'est industriel. Qu'advient-il de

ces déchets ? Sont-ils déversés dans les fleuves et les rivières ?

— Votre vie est un trampoline, Claire : vous pouvez rebondir. D'ailleurs vous êtes amoureuse.

Oui, mais cet amour est un mensonge.

— Qu'importe, si votre élan est sincère.

Qu'est-ce qu'il vous chante là ?

— Si cet amour meurt, il vous restera votre élan. Il vous portera toujours, si vous vous laissez porter. Au trampoline, Claire, il faut se laisser faire.

Il prend vos mains, avec cette chaleur toujours, et vous détournez les yeux.

— Quand vous serez prête, Claire, nous envisagerons un nouveau plan thérapeutique.

Un frisson étrangle votre voix : oui, vous êtes grotesque, vous en avez conscience, vous êtes même une merde, c'est Juliette qui vous l'a dit.

— Je ne vous juge pas.

C'est votre mère, surtout. S'il savait. Votre mère infecte votre cerveau depuis le berceau. Elle infectait déjà votre cœur dans le liquide amniotique. C'est une peste. Votre mère est un sida. Elle vous torture, lui racontez-vous, alors que vous êtes sur le point de mourir.

— Ne dramatisez pas, Claire, vous êtes très éloignée de la phase finale de la maladie. Vous y survivrez probablement à condition de respecter un certain nombre de règles.

La phase finale ?

— Il n'existe pas à proprement parler de phase finale. Le corps s'affaiblit de manière continue, mais...

La phase finale, tout le monde y vient un jour n'est-ce pas ?

— Comment vous dire. Et d'ailleurs faut-il vous le dire ? Vous êtes sourde, peut-être, mais vous êtes tout ouïe.

— La semaine dernière, un homme exceptionnel est arrivé à mon cabinet. Un humaniste authentique. Et je pèse mes mots, Claire. Cet homme venait de découvrir sa maladie.

Il marque une pause grave, dévisage son diplôme de médecin à côté de la fenêtre.

— J'exerce ce métier depuis vingt ans, dit-il. Mais je ne me suis toujours pas fait à l'impuissance. Je ne peux rien pour cet homme qui meurt aujourd'hui. Et pourtant, il comptait sur moi.

Vous aussi, vous comptez sur lui !

— Je peux vous sauver, Claire. Je veux vous sauver. Mais voulez-vous vivre ?

La nuit. Vous fermez les yeux du côté de vos rêves.

C'est un trampoline dans une fête foraine désertée. Il a dû tomber pendant la nuit, au beau milieu des manèges endormis.

Vous donnez l'assaut. L'échelle se laisse gravir sans exiger le moindre préservatif. Des cellules infectées la réduisent en esclavage. Embarquement immédiat.

Arrivée sur la toile, vous glissez sur une peau de banane et vous découvrez, juste à côté d'une orange à peine épluchée, un aménagement digne des meilleurs hôpitaux. Salle d'opération, appareil respiratoire, morgue réfrigérée. Sous la toile, des sachets de plasma s'accrochent à des cintres, parmi des bouquets de lavande. Une odeur de cuir neuf chatouille vos narines.

Trois gogos rebondissent déjà sur la toile. Votre ex-mari. Juliette. Couché, Luc, que Juliette s'évertue à ranimer en sautillant autour de lui. Elle bondit, rebondit, de plus en plus en haut, de plus en plus vite, en cadence, mais rien n'y fait, Luc ne se relève pas. Mais Tijani vous époustoufle, excellant dans ses figures d'acrobate. Axel, triple axel, saut périlleux, voltige. Vous vous préparez, en douceur, vous vous élancez, vous avez déjà le vertige, vous êtes suspendue dans l'air moite, encore le vertige, vous retombez, vos seins s'écrasent sur la toile.

— Essaye encore, dit Juliette.

Vous prenez de l'assurance, de la vitesse, de la hauteur.

Vous approchez de Tijani. Il ne vous voit pas, il est pris dans un entrechat. Vous hasardez une pirouette, vous la ratez, la ratez encore, Tijani rebondit, retombe sur ses pattes. La toile, si douce pour les autres, vous fait l'effet d'un sol de brique à chacune de vos réceptions.

Soudain, surgit une femelle, armée d'une barbe à papa. La femme de Tijani, son infirmière, rejoint votre ex-mari. Jetés, assemblés, sauts de joie, ils se projettent à l'unisson, synchronisant leurs soubresauts. À genoux sur la toile de béton, vous les regardez s'élever, s'aimer, rayonner. Trop de lumière pour vous. Il faut leur nuire.

Vos lâchetés rassemblées, et toutes vos contagions, vous vous levez, vous rapprochez de ces vivants, déterminée à rompre ce bel équilibre. Vous bondissez à leurs côtés, vous les accablez de sauts dissymétriques, asynchrones, assassins, pour les entraîner vers le trou noir qui vous aspire. Mais ils s'élèvent dans des hauteurs que vous n'atteignez jamais. Rien n'ébranle leur complicité. Ils sautent à pieds joints. Ils enchaînent les sauts de joie, les sauts périlleux, les sauts de l'ange, et retombent chaque fois sur leurs pieds, indemnes, sauvés, absous. Tandis que vous, à descendre quand ils montent, à monter quand ils descendent, dans un petit élan monotone et poltron, vous avez l'air d'un dindon. D'un salami. Parfois, d'un chorizo.

Et vos seins sont si lourds à porter. Ils gonflent, jusqu'à se fissurer. Ils suintent leur silicone et leur sang contaminé.

De rage, vous vous jetez à corps perdu dans la trithérapie. Des bouchons de champagne éclatent dans la salle d'opération et, sous la toile, le corps médical crie que vous êtes vraiment formidable. Oui, vous êtes formidable.

— Pourquoi tu ne m'avais rien dit, vous dit Juliette. Tu es une merde, tu sais ?

Vous écrasez une cellule infectée qui gambadait sur votre avant-bras. Mais vous épargnez une nouvelle souche.

Le docteur Tokuda s'embarque sur le trampoline et, immobile, épluche une banane.

— Je peux vous sauver, Claire. Mais voulez-vous vivre ?

Et il se lance soudain dans une suite d'arabesques. Le trampoline se mue en patinoire, la toile en glace brûlante. Bientôt, une pancarte annonce *Guérison, 57 km*. Votre médecin vous harponne et vous signale que vous marchez à contresens vers *Disparition Imminente*. La femme de votre ex-mari, sa Barbapa dans une main, ses bonnes intentions dans l'autre, vous recommande de saisir votre chance, et de ne plus la snober. Alors vous braquez, contre-braquez, glissez sur le ventre, à même la toile glacée, dégageant un nuage de fumée.

Juliette se suspend dans les airs, elle écarte les bras, comme des ailes, se projette dans le vide, comme un ange, vole au-dessus de Luc, comme une plume, légère, légère, si légère. Elle murmure.

— Claire… Moi, tu vois, je veux pas crever.

Votre médecin saute à la corde.

Et vous marchez sur le ventre. Vous écrasez un sarcome de Kaposi, engloutissez deux nodules violacés, épargnez une toxoplasmose cérébrale. Sous la toile, des médecins légistes jouent au billard, criant que vous êtes formidable, vraiment, mais qu'ils n'ont plus de bananes à éplucher. Ils s'éclairent à la bougie.

Une pancarte enfin, annonce *Prochaine guérison, 150 m*. Cent cinquante mètres plus loin, vous prenez la sortie. Là, un infirmier vous attend, cloué dans un fauteuil roulant, une boîte à pharmacie sur ses genoux. Un pansement ici, un sparadrap là, sans oublier le mercurochrome et ça y est, vous êtes guérie.

Étrange sensation.

Comment rejoindre *Maladie* ? lui demandez-vous.

La verge de votre père vous enseigna la souffrance et vous devez honorer cette mémoire douloureuse. Après maintes suppliques, l'infirme infirmier consent à vous remettre un préservatif imbibé de sang contaminé.

— Curez-vous les ongles avec avant de l'utiliser, et je vous garantis un excellent résultat.

LE VENT SOUFFLE
DANS LES CERISIERS
JAPONAIS...

Vous aimez coller des étiquettes sur des bocaux, pour distinguer les nouilles des spaghettis, et la confiture de framboises de la gelée d'abricot. Mais enfin, vous n'aimez toujours pas les diarrhées, même s'il est possible de répertorier les vôtres, de les stocker dans des bocaux, de les classer par ordre alphabétique, selon leurs couleurs, leurs textures, leurs odeurs. Et, même s'il est possible de conserver vos diarrhées dans le frigo ou sur une étagère, entre un paquet de céréales et une boîte de biscuits, assurément vous préférez la confiture.

Appeler Benoît ? Il le faut, oui. Le docteur a raison. Mais où trouver le courage ? Vous n'aimez pas Benoît. Vous préférez la gelée d'abricot.

Benoît.

En son temps, vous gardiez le secret de votre liaison clandestine comme vous gardez celui de votre maladie scandaleuse.

Benoît.

Quoique irrégulier, vous formiez un couple bien assorti.

Il faut l'inviter à célébrer le nouvel an chez vous. Benoît, qui croit encore vivre du bon côté de toutes les barrières. Vous le croyiez aussi. Vous vous êtes réformée. Il persiste dans cette religion impie. Vous anéantirez cette croyance. Car le ciel vous est témoin que Benoît est méchant.

Vous avez si peur de l'appeler. Il faudra bien qu'il soit là, pourtant. Vous lui parlerez. Sa femme a-t-elle eu les honneurs de sa primo-infection ? Il ne sait pas sa maladie. Vous jureriez qu'il ne sait pas. Vous-même, vous cherchiez une grippe ou, à la limite, une toxoplasmose, quand vous êtes tombée sur ce virus. Ignorance perdue. La maladie ne s'est pas déclarée, les symptômes sont absents mais le plan thérapeutique vous y ramène sans cesse. Rendez-vous le 8 janvier avec votre charge virale. Vous recalculez chaque semaine votre espérance de vie. Et Benoît propage encore les souches les plus virulentes de cette maladie.

Vous avez si peur de l'appeler.

Claire, vous disait-il, je ne pratique que des femmes à l'hygiène irréprochable. Enfant de salaud. Il vous l'a quand même donné. Vous étiez si naïve.

Claire, j'ai toujours été très clair quant à la nature de ces relations adultères.

Claire, comment dire ma surprise, quand j'ai su que cette harpie, à qui j'avais offert gratuitement une nouvelle paire de fesses, lançait contre moi cette recherche en paternité ?

Claire, je ne suis pas responsable des décisions que prennent parfois ces femmes qui traversent sporadiquement ma vie.

Claire, au-delà de toutes les souffrances injustes que j'ai infligées aux miens, sincèrement, je crois que je suis un type bien.

Benoît est un type bien, oui, il est chirurgien. Il travaille à réconcilier l'âme et la chair des autres, car son esprit boude son corps. Il voue aussi une passion à la taxidermie.

Il faudrait l'empailler. Vous allez l'empailler.

Une table de fête dans votre salon. Dans votre bouche un médicament dont vous avez oublié la couleur.

Nouvel an. Vous servez le champagne à cinq ou six convives. Les huit autres se sont décommandés au dernier moment. Vos seins, pourtant, sont plus beaux que jamais.

Il y a là deux célibataires avec progéniture, un divorcé sans enfants. Ici, un couple doté d'un bel enfant blond au regard brun. Juliette s'assied avec Laetitia à côté du mari. Dans un souffle, vous lui déclinez son identité : c'est le chirurgien esthétique... Mais elle l'a déjà reconnu. Lui, pas du tout. Benoît n'a aucune mémoire des visages, des voix, ou des noms. C'est tout juste s'il s'est souvenu de vous quand vous l'avez appelé pour l'inviter.

Mais il est là. Et vous ne savez pas par quel bout l'attraper. Vos genoux en coton, vous vous approchez de lui, quand même. Douce et coulante comme un miel tiède, vous l'attirez près de vous. Vous ne savez pas quoi dire. Alors vous le remerciez d'être venu. C'est très gentil à lui.

— Je ne pouvais décemment pas refuser ton invitation.

Vous vouliez lui dire aussi...

— Tes quiches sont excellentes, Claire.

Vous êtes miel encore, mais vous vous sentez chauffer comme la cire. Pourtant, vous murmurez. Vous n'arrêtez pas de murmurer. Et vous finissez par lui dire que vous voudriez lui parler. En privé. Pourquoi en privé ? Parce que... Est-ce qu'il se souvient de...

— Claire… Toi et moi, c'était sexuel uniquement. On était d'accord.

Il s'enfuit du côté de Juliette.

Coupable d'infidélités, Benoît se pardonne dans le déni de son corps : ma queue y était mais le cœur n'y était pas. La plus belle preuve d'amour est pour lui l'abstinence. S'il ne couche pas avec sa femme, c'est donc qu'il l'aime. Le cœur y est, sans la queue. Il dévisage Juliette, puis sourit à Laetitia.

— Elle est magnifique cette petite fille, lui dit-il. Vous êtes sa jeune fille au pair ?

C'est vrai. Comment, avec son excès de mélanine, Juliette a-t-elle pu fabriquer Laetitia, blondeur blanche aux beaux yeux aigue-marine. Inimaginable pour Benoît.

— Et votre fils, cingle Juliette, vous l'avez adopté ?

Le chirurgien cache son indignation en la rembarrant gentiment.

— Mon fils ? Il me paraît évident qu'il est mon fils… mon fils biologique…

— Eh bien non, fait Juliette. Car ses yeux sont marron, monsieur.

Benoît sourit. Juliette aussi, mais son sourire est perfide.

— Les yeux bleus ne peuvent pas fabriquer des yeux bruns, Benoît. Or votre épouse et vous avez tous deux les yeux bleus, et votre fils a les yeux bruns. Il n'est donc pas de votre sang. Vous l'avez adopté je suppose. Pourquoi, il ne savait pas ?

Le visage de la mère se décompose.

— À moins, ajoute Juliette, qu'il s'agisse d'une conception adultérine ? D'après ce que je crois savoir de vous, Benoît, il vaudrait mieux.

Benoît accuse le coup.

— Ne m'en voulez pas, susurre Juliette. Je suis désolée que votre fils ne soit pas votre fils. Comme je suis navrée de ne pas être la fille au pair de ma fille. La génétique n'est pas raciste, que voulez-vous.

Benoît ne dit plus un mot, occupé à fouiller sa mémoire pour y trouver l'homme aux yeux sombres qui a pu côtoyer sa femme neuf mois avant la naissance de leur fils. Votre père aurait voulu que vous épousiez ce genre de type. Votre père était ce genre de type. Alors vous avez fait de Benoît votre amant comme votre père avait fait de vous sa maîtresse.

Mais comment lui dire...

Vous entrevoyez sa femme qui somnole auprès de leur fils, en prise avec le doute que Juliette a semé dans son esprit. Benoît ne semble plus très ébranlé. Il essuie l'humiliation avec facilité ; elle ne l'a pas vraiment atteint. Sans doute, il a déjà connu des expériences douloureuses, mais il n'en a jamais souffert. Tout lui glisse dessus, même la douleur. Vous l'approchez encore, sa femme s'inquiète de votre manège. De loin, elle le couve d'un regard anxieux, plein d'affection. Il lui sourit avant de lui tourner le dos et regarde vos seins, son œuvre.

— Claire, dit-il sans lâcher votre poitrine, Claire... Il faut m'oublier.

C'est impossible, lui répondez-vous. Vous en avez bien peur.

Il vous rejette. Comme un calviniste rejette la chair. Il se veut pur esprit, c'est vrai. Alors le corps l'obsède, car sans matière, point de vie.

— Nous deux, c'était bien, Claire. Mais c'est fini.

Il chuchote, même si celle dont il se cache sait lire sur ses épaules voûtées de honte. Vous avez su, vous aussi, lire ces signes-là. Vous entendez la détresse muette de cette femme flouée qui, même de l'autre côté de la quarantaine, s'obstine dans ses rêves de petite fille. Vous avez bien fait de quitter Tijani, Benoît lui ressemble tant. Ils ne vous imposaient aucun voile, vous vous insurgiez contre les mollah sexistes, mais vous vous enfermiez dans une burka, les assurant qu'ils en détenaient les clés.

Arrive Hippolyte. Il s'était pourtant décommandé à l'avant-dernière minute. Vous abandonnez Benoît pour causer un peu avec lui. Il vous écoute à peine, ses yeux cherchent quelque chose. Ou quelqu'une. Mais elle est planquée dans la cuisine, Juliette. Il lui a laissé tant de messages. Auxquels elle n'a jamais répondu.

Enfin, elle apparaît. Hippolyte porte aussitôt ses regards concupiscents sur la croupe de la créature sylvestre. Elle daigne venir le saluer.

— Claire, lui susurre-t-il, m'a appris que vous étiez relogée dans un studio ?

— C'est du passé, monsieur. Claire n'est pas encore au courant mais j'emménage ces prochains jours dans un trois-pièces, que me loue une secrétaire au chômage.

— Appelez-moi Hippolyte, Juliette. Et... ce trois-pièces, alors... Claire n'est pas encore au courant ?

— J'ai fait un chèque en bois pour la caution. Je n'allais pas le crier sur les toits, non ?

— Voyez-vous ça...

Laetitia grimpe sur les hanches de sa mère. Hippolyte la dévore des yeux.

— Les yeux de votre fille sont incroyables. Vous portez donc des gènes récessifs... Ils s'accompagnent sans doute de gènes dominants.

— La nature n'est pas sectaire, monsieur.

— Appelez-moi Hippolyte, Juliette. Je vous apprécie vous savez…

— Je vous apprécie moi aussi, monsieur, à votre juste valeur.

Hippolyte blêmit. Juliette lui sourit.

— Hippolyte… si l'envie me prend de baiser avec vous, je vous appellerai. Mais là, non. Merci, mais vraiment, non.

De l'écume mousse au coin des lèvres d'Hippolyte. Il contient sa rage péniblement. Soudain, Juliette semble frappée d'une illumination.

— Ou alors… Je couche avec vous contre de quoi couvrir ma caution. Deux… non… trois mille deux cents euros. En espèces.

Vous repartez à l'assaut de Benoît. Vous voyant arriver, il jette un œil inquiet vers sa femme, soulagé de la voir occupée avec son enfant.

— Tu m'aimes encore? maugrée-t-il, les yeux toujours rivés sur vos seins.

Espoir maquillé en inquiétude. Victime de l'amour indéfectible d'une femme soumise, Benoît ne s'affranchira jamais de sa polygamie. Il habite un harem, il vous veut sa maîtresse, aimante mais dédaignée, dédaignée mais acquise, comme une femme légitime.

Non, le rassurez-vous. Vous ne l'aimez pas.

Il glougloute, en regardant vos seins.

— Ne prends pas cet air sévère, Claire… On a pris du bon temps toi et moi. Quel mal y a-t-il à se faire du bien?

Oh… un mal terrible, vous lui dites.

— Je ne te savais pas si moraliste.

Cette fixation sur vos seins… Ça vous enrage. Il vous paraît si minable. Ça vous gonfle de courage. Vous ouvrez la bouche. Vous vous entendez lui parler avec une assurance que vous ne vous connaissiez pas.

Moraliste, vous ? C'est vrai. Parce qu'il y a des règles, Benoît. Par exemple, s'il avait mis une capote, eh bien il ne vous aurait pas refilé le virus du sida.

Il ne rit plus. Il pâlit. Mais il n'a pas tout à fait compris.

— De quoi tu parles ? Tu plaisantes ou quoi ?

Vous lui répétez encore une fois, en articulant bien, qu'il est séropositif.

Sa femme vous regarde, de loin. Quelque chose la démange. Elle voudrait se joindre à votre conversation, mais enfin ça ne se fait pas. Votre conversation semble si... intime. Elle avale son champagne, les doigts crispés sur sa coupe, un faux sourire aux lèvres, l'air savamment détendu. Benoît, lui, persiste à ne pas croire ce que vous lui avez annoncé. Ses yeux suintent l'arrogance de ceux qui se croient immortels.

Alors vous lui racontez, en détail, votre trithérapie. S'il veut vivre, qu'il consulte un médecin. Sinon, qu'il laisse le virus manger sa viande. Et qu'il pourrisse en paix.

Il se décompose. Son regard s'anime peu à peu d'une haine incommensurable.

— Tu... Tu m'as refilé cette saloperie !

Là encore, il pense à chuchoter, imperméable même à l'émotion qui monte en lui, se cacher surtout, donner le change en priorité, paraître toujours. Et vous aussi, vous murmurez, un peu de dignité, beaucoup de pudeur, cachez-moi ce sang contaminé que personne ne saurait voir. Alors, vous murmurez que vous êtes désolée, mais c'est lui qui vous a contaminée. Le virus l'habite et il l'habitait avant vous.

— Tu mens !

Intriguée par ce cri guttural, sa femme se lève. Il la

regarde s'approcher, paralysé de peur. Car Benoît craint celle qu'il soumet. Debout derrière son mari, elle vous fusille du regard, mais poliment, même si elle voudrait vous étriper, oui poliment, car enfin elle n'est pas charcutière. Benoît se décompose toujours, livide, plus blanc que jamais. Il faudrait vous arrêter, assez d'effusions, mais enfin, merde, vous n'avez pas fini ce que vous aviez à dire.

— Puis-je me joindre à vous ? vous demande sa femme avec une gentillesse mesquine.

Vous l'en priez. Impassible, elle s'assied à côté de son mari. Benoît voudrait vous coudre les lèvres, vous infibuler le vagin, vous exciser, enfin… tout pour que vous vous taisiez ! Mais ça ne se fait pas, il n'est pas arabe, ni africain, ni séropositif, il est chirurgien esthétique, le visage de sa femme en témoigne. Visage voilé par quelques coups de bistouri, qui s'interdit de vieillir, car vieillir c'est devenir la bête en soi, celle qu'on cachait si bien, vieillir c'est finir par se ressembler.

— Que se passe-t-il ? lui demande sa femme avec un sourire plus que parfait.

— Rien, jure Benoît avec aplomb. Une vieille histoire. Il n'y a que toi, tu sais bien.

— Je sais bien, enchérit sa femme en vous lançant un regard défiant. J'étais, madame, déjà au courant.

Mais est-ce qu'elle porte des préservatifs ?

— Comment ?

Mon dieu, elle ne savait pas. Elle vous regarde, outrée. Finissons-en. Vous n'avez pas de temps à perdre. Vous vous tournez vers Benoît et lui dites qu'il n'est pas obligé de vous croire. Il n'a qu'à faire comme si de rien n'était, c'est vrai. D'ailleurs, vous-même, vous envisagez tous les jours d'arrêter.

— Arrêter quoi ? s'irrite sa femme.

Votre plan thérapeutique, lui répondez-vous. Il interfère entre votre corps et votre esprit.

Elle regarde son mari comme une mère abusive en colère. Soudain, un voile de tristesse déflore le visage lisse de Benoît, à jamais.

— La pucelle… C'est la pucelle ! Elle m'avait dit qu'elle était pucelle ! Je ne l'avais pas testée !

Et lui vient de perdre sa virginité. Il continuera sans doute à vivre comme s'il l'avait encore. Mais il ne perdra pas sa femme et elle gardera sa burka.

Vous les abandonnez, et vous allongez sur une méridienne, sous un tableau figurant un cerisier japonais en fleur. Un jour, vous oublierez la maladie et entrerez en rémission. Le pouvoir de l'esprit vous guérira. Le parfum des fleurs aussi. Et vous pensez à Léon, Léon que vous n'avez pas invité, Léon qui vous manque, il faudra bien lui faire certaines révélations.

Minuit sonne, bonne année, éteignez les lumières.

Hippolyte disparaît en chuchotant quelque chose à l'oreille de Juliette.

Il y a, c'est vrai, un distributeur de billets au bas de l'immeuble.

... FLOCONS DE FLEURS S'ENVOLENT...

Les larmes d'Hippolyte, Sieur Crocodile, j'en ai plein le dos, plein les oreilles, sans parler des autres orifices. Toute la nuit... Hippolyte ne jouit pas, Sieur Crocodile, il pleure dans mon vagin. Ses regrets, sa vie ratée, sa culpabilité, ses athéismes. Dieu lui manque tellement, il se flagelle avec de la ouate. Et il baise comme de la gelée. Ça dégouline, Sieur Crocodile, dans tous mes conduits. Trois mille deux cents euros, ce n'était pas cher payé.

Bonne année quand même, à tous les deux.

Elle sera bonne, même si Malika Leclerc s'est évaporée dans la nature avec la clé de la boîte aux lettres. Elle m'a juste laissé la clé de l'appartement sous le paillasson. Combien de temps on tiendra cette cabane en bois ? En plus, le restaurant du rez-de-chaussée organise des karaokés tous les soirs.

Malika m'a laissé son frigidaire, figurez-vous. Un vieux frigo, avec un trou en bas. J'avais accepté, Sieur Crocodile, le principe de toutes les infestations, à condition qu'elles ne touchent pas le frigidaire. Pourtant, des cafards ont élu domicile dans le tiroir à légumes. Certains sont remontés jusqu'au compartiment à œufs. Non contents de l'hospitalité de ma cuisine, ces cafards, Sieur Crocodile, ont étendu leurs colonies à tous les coins et recoins humides de l'appartement. Il était urgent en effet qu'elle loue cet appartement.

Elle m'a abandonné son beau piano droit, aussi. Et six cartons, une trottinette, un aspirateur, oubliés dans le salon.

Si ses affaires ne sont pas débarrassées d'ici la semaine prochaine, je vends son piano. J'en tirerai de quoi payer un électricien, une désinsectisation, un parquet vitrifié, un décrassage des murs et une double ration de peinture satinée. Non, je ne vais pas la louper, moi qui n'ai pas loupé Mme Tripier.

Depuis que nous avons quitté son faux deux-pièces, Mme Tripier inonde ma messagerie de mises en demeure. Elle exige, Sieur Crocodile, la restitution de la couette et de la casserole ayant disparu de son inventaire, sans délai. Il lui manque aussi un fer à repasser mais elle ne s'en est pas encore aperçue. J'aurais volontiers pris la télé aussi, mais elle ne rentrait pas dans le panier de la poussette. Comme tu vois, Luc, je m'accroche à l'existence. Par tous les bouts.

Le temps me persécute, je t'attends, ne me rejette pas. Ta résurrection n'est pas impossible, même si tu prends ton temps. D'ailleurs, après avoir quitté Hippolyte ce matin, je t'ai vu. Car aussitôt dans la rue, j'ai sombré dans des limbes, où coulait une rivière sinistre. Une silhouette en ombre chinoise est apparue sur l'eau. C'était toi. Tes bras splendides ondulaient sur la musique du silence. Je me régalais du spectacle, mais quelqu'un m'a baffée, vigoureusement. J'ai ouvert les yeux.

On m'a conduite à l'hôpital où des charlatans m'ont durement questionnée. Avez-vous déjà fait ce genre de syncope ? Avez-vous des crampes musculaires, une sudation importante spécialement la nuit ? Interrogatoire policier. J'ai dit que tout allait bien. Que j'avais seulement la peste. Ils ne m'ont pas crue. Ils ont dit que je divaguais, encore ce malaise vagal, divagation de mon nerf vague. C'est eux qui divaguent. Je ne suis pas un oignon vagotonique. Ni un système parasympathique. Je suis un lymphome.

Je t'attends, Luc, ne me rejette pas.

Je voulais te dire, encore… la misanthropie de Laetitia s'atténue. Désormais, elle sourit à tout le monde. À l'approche d'un quidam, et plus il est quelconque, elle s'éjecte de sa poussette pour aller lui prendre la main. Ensuite, j'ai toutes les peines du monde à l'en décoller. De qui tient-elle cette nouvelle tare ? Pas de moi. Ni de toi. De Claire, peut-être.

Voilà, il est quatorze heures. Je sais bien, Sieur Crocodile, vous voudriez faire la sieste. Je vais vous laisser. Je vous confie Luc. Essayez un peu de le bouffer, vous verrez de quel bois je me chauffe.

Dors bien, Luc. Et prends soin de toi. Je te laisse un paquet de tabac et ton papier à rouler préféré. Au fait, as-tu fini tes pissenlits ?

Cet électricien souffre d'un curieux strabisme.

Mais j'ai vite trouvé à quel œil lui parler.

Il arrache les prises volantes et retire les boutons pressoirs qui se déchaussaient. Il envisage le gainage des fils dénudés avant d'opter pour leur suppression pure et simple. Puis il s'attelle à la réfection de l'installation électrique de la salle de bains, me faisant cette saine remarque.

— Cette tranchée creusée là-haut… vous voyez ? Regardez bien… Le trou creusé dans le mur qui donne sur la cuisine. C'est hors normes.

— C'est pas trop grave, j'espère.

— Vous n'avez pas intérêt à prendre une douche avec la porte fermée parce que… votre tranchée n'assure aucune aération.

Non, je ne regrette rien, non, je ne regrette rien. Je suis, monsieur Courbet, veuve de guerre. J'ai cinq enfants asthmatiques de dix-huit mois qui me paraissent bien longs. Je m'apprête à commettre un meurtre sur ma propriétaire. Au préalable, je pratiquerai l'incision de ma jugulaire. Mais je boirai beaucoup avant de taillader mes veines avec le verre de ma bouteille. Et je reviendrai d'outre-tombe pour éventrer Claire.

Figurez-vous, monsieur Courbet, qu'elle m'honore tous les jours de ses coups de téléphone larmoyants. Oui, un crocodile pleure dans ma baignoire. Je n'en peux plus de l'entendre se plaindre de son manque d'argent, elle qui gagne tous les mois ce que j'amasse péniblement en un semestre, elle dont le frigo déborde toujours de produits griffés, bouteilles de Vittel aromatisées à la fraise, yaourts Yoplait biologiques, et autres compotes conditionnées en tube pour amuser les enfants. Moi, monsieur Courbet, je gave mes filles de lait premier prix, de pâtes de sous-marque, de viandes et de yaourts soldés, au bord de leur date de péremption. Un yaourt périmé se mange même quinze jours après.

Le frigidaire de Claire, monsieur Courbet, m'obsède. Car actuellement, Monsieur le Ministre, le coût de la vie est très cher. Et Claire qui me saoule parce qu'elle ne pourra pas aller au ski, cette année. Pas un mot de son herpès labial, de ses diarrhées, de ses frousses. Des pleurnicheries, rien que des pleurnicheries, toujours des pleurnicheries. Il faudrait l'enfermer dans une prison, lui greffer une hernie, lui donner de l'Hasthme, la rendre assez malade pour tuer ses hontes. Faites-lui bouffer ses viscères, elle aime tant les abats.

Le frigo de Claire. Chaque nuit, monsieur Verlaine, je fais ce rêve étrange et pénétrant. Je perce le frigo de Claire à la base avant d'y installer un couple de cafards. Je remplace ses produits biologiques par des salades radioactives.

L'électricien surgit.

— Bon ! Ben... j'ai fait comme j'ai pu hein ! La facture, je l'envoie où ?

— Je vous fais un chèque ?

Bien sûr, il sera en bois ! Non, je n'ai pas honte ! Pourquoi j'aurais honte !

Oh... comme je rêve de ces compotes conditionnées pour amuser les enfants. Je veux m'abîmer dans un océan de futilités indiscutables. M'acheter une bicyclette. Me promener avec elle sur les chemins sinueux du parc Georges-Brassens, même s'il s'agit d'un ancien abattoir. Oui ! Ma conscience est consumée ! Les scrupules ne m'encombrent plus. La peste les a mangés. Elle mangera ma foi. Elle mangera mon cœur. La peste raffole des abats.

Je débarrasse le meuble de la salle de bains où traînent encore une armée de cotons-tiges, des boîtes pleines d'antidépresseurs, et des tas de points noirs agglomérés, sans doute de futures larves d'insectes.

Au secours M. Grandet de l'OPAC. Et Olivier qui ne m'a jamais rappelée…

Bon sang, Malika a aussi oublié la litière du chat derrière les toilettes. Depuis combien de temps elle ne l'avait pas changée la litière du chat ? Je n'avais pas remarqué qu'elle avait un chat quand je l'ai rencontrée. Je n'avais pas senti non plus à quel point il avait marqué son territoire. Non, je n'ai pas de nez. Quels composants chimiques donnent à la pisse de chat cette fragrance si particulière ?

Oh… J'en ai ma claque de la pisse de chat. Olivier ! Au secours !

— Olivier ? Je t'appelais pour te dire que… Je suis nue dans mon bain.

Je suis encore en pyjama, mais sa respiration s'accélère. Ivre de la vision de ma nudité, il lâche enfin.

— Que… Qu'est-ce que tu me veux, Juliette ?

Je ne prends aucun détour car je suis lasse comme une vache laitière aux mamelles asséchées, ma patience a tari, vraiment, Mesdames et Messieurs les Ministres, j'en ai ma claque pour aujourd'hui, même si vous siégez au Conseil de sécurité.

— J'ai trouvé un appartement Olivier. J'ai besoin d'un coup de main pour des travaux de peinture. Quand peux-tu passer ?

— Maintenant ?

— Si tu peux. Et puis j'ai des choses à te dire.

Il arrive de suite. Il viendra avec des seaux, des rouleaux et des couteaux à enduire. Il a même un mètre de menuisier. Il s'y connaît en peinture, il a repeint le studio de sa tante il y a deux ans. Il faudrait, moi, que je descende acheter de la peinture acrylique. Parce que la synthétique ne vaut rien.

— Ne prends pas de l'enduit de rebouchage, me conseille-t-il. Boucher les trous dans les murs ne sert à rien. Après les travaux, ces défauts révéleront tout leur charme. Tu auras un effet de brut très intéressant. À tout de suite, Juliette !

J'enfile l'éternelle jupe mauve déchirée sur un jupon violet. Et le gilet noir dont les crochets découvrent mes modestes mamelles. Et j'attends.

La sonnerie enfin, pousse un râle graveleux. J'ouvre la porte sur les yeux clairs d'Olivier. Ils brillent.

Il est venu avec ses seaux, ses rouleaux et ses couteaux à enduire. J'ai oublié, moi, d'acheter la peinture acrylique.

— Tu veux boire quelque chose, Olivier ? J'ai de l'eau tiède ou du café.

Il me suit jusqu'à la cuisine. Son silence est éloquent. Non, vraiment, il ne s'attendait pas à ça. Ces murs, quelle abomination. Et ces lattes de bois usé qui flottent sur le sol. Et ces interstices géants où s'accumule la poussière. Et encore... Il n'a pas vu les larves d'insectes.

Nous prenons place au salon, sur les cartons de Mme Leclerc. Je l'installe face à la sortie d'une tuyauterie de chauffage, espérant qu'une blatte voudra bien monter sur la scène pour prouver les dures conditions de mon existence. Mais c'est l'heure de la sieste, même pour les cafards.

— Dis donc, Juliette... il est horrible cet appart !

— Oh ! Si tu savais ! La propriétaire est une vieille folle qui a disparu dans la nature en me laissant ses travaux sur le dos !

Mes révélations l'épouvantent. Mais j'en oublie la moitié. Comme pour m'en faire le reproche, un bébé cafard traverse la pièce en courant pour rejoindre la moiteur des tuyauteries. Olivier bondit. En état de choc, il balbutie.

— Mais enfin... tu ne peux pas rester là !

J'éclate en sanglots, larmes de crapaud, serpent à sornettes.

— Où veux-tu que j'aille ! Qui acceptera de me louer un

appartement ! Grandet réclame des… des documents qui… que… je t'en avais parlé d'ailleurs.

Il semble l'avoir oublié. Ramdam dans ma boîte crânienne, mon cervelet me bouffe la tête. Olivier ronronne.

— Si ce n'est plus supportable ici, je… je peux t'héberger.

Impossible, inspecteur. J'ai deux filles de dix-huit mois qui me paraissent bien longs.

— Tu as des enfants !

— Elles sont sorties s'aérer un peu. J'ai un abattoir juste à côté : Georges-Brassens.

— On croirait pas que tu as des enfants.

— Je sais. Je ne fais pas mon âge car en vérité j'ai quinze ans et trois mois. Mais… souviens-toi. On devait prendre un appartement, ensemble.

— Tu as des enfants… tu es mariée et tu me proposes de vivre avec moi ? Qu'est-ce qu'il en pense ton mari ? Il est d'accord ?

— Quel mari ?

— Le père de tes enfants.

— Eh bien, il est parti.

— Quel salaud.

Mon estomac se contracte. Ma gorge se serre. Je ne respire plus.

— Juliette ? Ça va ?

Il fait noir. Un lymphome encombre ma mémoire. Ma conscience est sur le point de se refermer, mais quelqu'un me baffe vigoureusement.

— Juliette ? Ça va ? Excuse-moi si je t'ai fait mal avec mes claques.

— Oui, ils s'appellent des ganglions lymphatiques.

— Tu as besoin d'un médecin ?

— Ce sont tous des charlatans.

— Bon… alors ces travaux ? On s'y met, Juliette ?

— Donne-moi tes papiers maintenant… Je veux vivre avec toi !

Soudain, il se parle à lui-même. Chez lui, dit-il, c'est si petit. Et avec moi, c'est vrai, il guérirait plus vite de sa libraire, cette horrible manipulatrice qui écume les agences matrimoniales pour dévorer les pauvres insectes dans son genre. Elle, c'était une vraie mante religieuse, alors…

— Juliette… je le veux moi aussi.

Un détail, cependant.

— Je suis phobique de l'altitude, Juliette. Il faudra bien le préciser dans le dossier. Pas plus haut que le deuxième étage.

— Ne t'occupe de rien. Je m'occupe de tout.

« Cher Monsieur Grandet,

Ci-joint les pièces complémentaires concernant mon futur colocataire, Monsieur Benchétrit, fonctionnaire à la Direction générale des impôts.

Je vous remercie infiniment pour votre patience et me permets d'apporter une précision : M. Benchétrit souffrant d'une maladie respiratoire, **il est impératif qu'il soit logé en altitude, au cinquième étage, au moins**.

N'hésitez pas à me contacter pour tout renseignement supplémentaire.

Juliette Ébinel »

... FLEURS TARDIVES,
ÉPHÉMÈRES, RETOMBENT...

Une écharpe sur le nez et un bonnet gris sur le front, vous guettez la sortie du ministère, assise sur un banc. Personne ne vous verra, ni ne vous reconnaîtra, il fait nuit, l'hiver est bien avancé déjà.

Vous n'avez pas assisté à la séance d'aujourd'hui : voir Léon au milieu de tous ces gens... vous devez le voir seule.

Juliette passe la porte. Elle vous voit. Hésite. S'approche, finalement.

— Pourquoi tu n'es pas venue, aujourd'hui ?

Sa voix est mal assurée. Sa bouteille en main, elle se désaltère un peu. Les yeux brillants d'ivresse elle vous dévisage, vous scrute en silence.

— Ta petite fièvre, hein ?

Vous ne répondez pas. Vous ressentez une certaine fatigue, c'est vrai, de l'apathie aussi, mais, paraît-il, votre système immunitaire est objectivement décelable.

Juliette boit un coup. Le rhum déborde du goulot, coule à la commissure de ses lèvres qui s'entrouvrent en un large sourire.

— Monsieur de Balzac m'a rappelée, tu sais ?

Monsieur de Balzac ?

— Oui. Le père de Jordan Grandet... J'étais dans le bus, avec ma poussette et un kilo de pommes, tu sais, ces pommes qui... comment elles s'appellent déjà....

Elle ne sait plus. Elle se désaltère encore un peu.

— J'étais dans le bus, tu vois, et mon téléphone a sonné.

C'était lui, Honoré : il me demandait de passer le voir à l'OPAC pour chercher un bon de visite.

Alors elle a couru rue du Cardinal-Lemoine où l'attendait, en haut de quatre marches situées au bout d'un long couloir, un grand monsieur tout en os et en cheveux blancs, son Honoré. Il l'attendait comme un prêtre qui va donner l'hostie. Son regard était doux comme celui du Messie.

— J'ai rendez-vous dans une demi-heure avec la gardienne. C'est un quatre-pièces cuisine, dans le quatorzième arrondissement. Je signe le bail avec mon contrôleur fiscal.

Et la séance ? Comment s'est-elle passée ? Est-ce que Léon est là aujourd'hui ?

— Léon ? Pourquoi ? Tu couches avec ?

Et elle, elle couche avec son contrôleur fiscal ?

— Ça ne risque pas..., dit-elle, une onde de perversité dans le regard. Parce que Olivier est allergique à l'altitude. Et malheureusement... par un méchant hasard mon bon de visite, c'est un douzième étage. Olivier ne pourra pas le supporter. Il faudra qu'on renonce à la vie commune. Une fois le bail signé bien entendu.

L'a-t-elle prévenu au moins que c'était au douzième étage ?

— Il s'en rendra bien compte par lui-même.

Moussa passe la porte du ministère à son tour. Il vous aperçoit. Il vient s'asseoir près de vous. Il n'a d'yeux que pour vous. C'est étrange.

— Josiane nous avait dit que tu étais malade, vous apprend-il.

Oh... Ce n'était rien, le rassurez-vous. Juliette rectifie son haleine avec un spray à la menthe et s'en va visiter son douzième étage, sans dire au revoir. Moussa ronchonne.

— Ils m'ont foutu dehors. C'est Léon... Quel con. Il ne veut plus de moi dans les États Généraux...

Une crotte de pigeon tombe sur le banc, entre vous deux. Moussa vous sourit dans son complet gris toujours trop grand pour lui. Il hume les brumes malades de la nuit froide.

— Oh... Après tout ces États Généraux, je m'en fous. Soyons réaliste. On va pas changer le monde.

Une bicyclette passe devant vous, à toute allure.

— Tiens, c'est ce con de Léon ! s'écrie Moussa.

Léon ne vous aperçoit pas, ne vous voit pas, ne vous reconnaît pas.

— Il a l'air pressé, murmure Moussa en le regardant s'éloigner.

Vous pleurez des larmes sèches, coupantes comme des poignards. Moussa ne comprend pas, mais il comprend quand même et ne pose aucune question. Vous frissonnez. Moussa vous sourit. Votre tête se pose dans son cou.

— Je voudrais être ton ami, Claire.

Vous avez déjà un amoureux.

— Qui te parle d'amour ? Je parlais d'amitié. Je n'ai rien d'autre à offrir.

Vous pensez à Léon. Vous étiez venue le plaquer, mais vous ne supportez pas de le voir s'éloigner avec son vélo. Et Moussa caresse vos cheveux.

— On ne couchera jamais ensemble, Claire. Je ne supporte pas les capotes.

Il pourrait vous contaminer, vous annonce-t-il. Et il n'est pas à l'abri, lui non plus : une simple mycose, ou une bactérie, pourrait éroder ses immunités. Vous vous levez.

— Où tu vas, Claire ?

Chez Léon.

Arrivée devant chez Léon, vous battez le pavé deux heures devant son immeuble. Vous n'osez pas entrer. Pas un café ouvert. Il fait froid. Léon, vous êtes venue le plaquer. Mais ne vous a-t-il pas quittée déjà ? Sa peau. Ses odeurs. Besoin de le sniffer.

Vous n'osez pas monter. Vous trouvez abri dans une cabine téléphonique. Et vous appelez Juliette pour vous donner du courage. Voix guillerette au bout du fil. Elle s'extasie sur son douzième étage. La gardienne, vous raconte-t-elle, s'appelle Mme Guili. Qu'est-ce qu'elle est gentille. Ses seins sont énormes. Ils tressautent quand elle rit.

— Mais... Tu m'appelles d'où ? J'ai un numéro inconnu qui s'affiche. Tu n'es pas chez toi là ?

Non. Si. Enfin... alors cet appart ?

— Y a des travaux. Mais la vue ! De l'observatoire de Meudon à l'église du Sacré-Cœur ! Tu imagines ?

Oui, c'est sûrement très joli, on n'a pas cette vue depuis chez vous, mais enfin vous avez les mêmes en carte postale. Certes, on ne voit pas le soleil depuis chez vous, mais enfin pourquoi le soleil, pourquoi le ciel, qu'elle vienne dans votre maison les oiseaux n'y chantent pas.

— Claire ? Pourquoi tu pleures ?

Vous raccrochez. Et vous foncez, tête baissée comme un bélier. Trois étages plus haut vous êtes devant sa porte. Vous piétinez. Il vous entend sans doute, car la clé tourne dans sa serrure. Ses yeux bientôt dans les vôtres. Comme il est beau.

Déjà, il vous jette sur son lit. Ses mains. Elles sont faites pour vous. Pourtant, vous réfrénez ses ardeurs. Hésitez. Finissez par réclamer la capote qu'il néglige. Il se vexe.

— Je n'ai rien, Claire. Si tu n'as pas confiance on peut faire un test.

Confiance. Pourquoi vous parle-t-il de confiance ? Vous ne dites rien. Vous n'en pensez pas moins. Quand on a le sida, on ne serait donc pas digne de confiance ? Il se rebelle encore contre le caoutchouc.

— Il n'y a que toi, Claire. Je ne couche pas avec n'importe qui.

N'importe qui ? C'est qui n'importe qui ? Vous n'êtes pas n'importe qui peut-être ?

Il ne comprend pas. Se braque comme un enfant. La capote se balance entre ses doigts.

Vous lui dites, gentiment, que les mères de famille aussi peuvent fricoter avec le sida, même quand elles sentent bon, même quand elles sont propres.

Et lui joue avec son bout de caoutchouc, comme un autiste. Il n'a pas compris. Il ne veut pas comprendre. Les gens ne comprennent jamais que la maladie puisse être si proche d'eux. Que la mort est toujours là. Comme les autres, Léon se croit immortel même s'il sait qu'il ne l'est pas. Assis sur son lit, il torture son préservatif le visage contracté. Son silence vous pèse. Vous parlez pour vous deux. Vous tentez une comparaison : le sida, c'est comme la grippe. Ce n'est pas parce qu'on aime quelqu'un qu'il ne peut pas avoir la grippe. Il vous regarde. Mais ne vous voit plus.

— C'est pas comme la grippe...

Son visage s'assombrit. Son regard se trouble, s'opacifie. Il n'a plus de regard, il ne vous regarde plus.

Il se lève. Il s'habille. Pas un mot. Il est sur le point de fermer votre porte. Vous voudriez qu'elle reste ouverte. Mais vous l'aimez moins, déjà. Sa capote traîne sur le tapis, le virus se cache sous le lit, mais il sait qu'il est là, comme un amant qu'il aurait découvert dans le placard. Vous l'avez trahi. Il vous dit au revoir gentiment. Ses lèvres frôlent à peine votre joue.

De retour chez vous, vous vous allongez sur votre méridienne, sous le tableau de fleurs. Un jour, dans un parc, au milieu de nappes blanches couvertes de victuailles, votre regard croisera celui d'un divorcé charmant issu d'un pique-nique voisin. Ce nouvel amour consommé sans préservatif (il sera séropositif, comme vous), vous ferez bourse commune avec vos maladies sexuellement transmissibles, en prenant garde tout de même aux surinfections.

La poussette de sa fille refuse de monter l'escalier dans le métro, personne pour l'aider. Ses bras maigrelets soulèvent Laetitia et son véhicule. Elle s'arroge toute la largeur des marches souterraines, obstruant de plein gré la circulation des voyageurs. Parvenue au sommet, elle interroge sa fille :

— Quelle ligne dois-je prendre pour rejoindre Honoré de Balzac ?

Troubles de sa mémoire immédiate. Bateau ivre, elle cherche son chemin. Sa mémoire imbibée se disperse dans les méandres métropolitains. À sa décharge, il faut dire que son contrôleur fiscal l'a lâchée : il s'est remis avec sa libraire. Envolé, le rêve de Juliette, son douzième étage est parti en fumée, avec son Honoré. Et maintenant elle cherche une rue Balzac, jurant qu'elle se cache dans le métro. Son muscle cérébral succombe à des crampes assassines.

Vous lui rappelez qu'elle ne va pas au lycée, mais qu'elle en vient. Qu'elle a donné sa dernière séance d'écriture, pendant que Rose et vous-même vous occupiez de sa fille, qui, si elle n'a pas oublié, se prénomme Laetitia.

— Bon sang, mais c'est bien sûr... Je me souviens maintenant... Rose, cueillez, cueillez votre jeunesse ! Comme à cette fleur la vieillesse fera ternir votre beauté ! Je me souviens... de tout ! Mais alors on va où ?

Vous la raccompagnez chez elle.

— Chez les cafards de madame Leclerc !

Des sanglots l'étranglent.

Arrivée dans son vilain nid, elle enferme tout le monde dans sa tanière, dont elle ne sort désormais que pour accompagner ses filles à l'école et les ramener dans son trou. Elle vous offre un carton en guise de fauteuil.

Un petit sapin synthétique traîne dans un coin du salon. Yukiko l'a acheté sept euros cinquante, chez Ed l'épicier, paraît-il. Elle le décore de femmes longilignes qu'elle découpe dans du papier rose, bleu, et mauve. Couchée à plat ventre près de sa sœur, Laetitia colorie des cercles de carton pour faire une guirlande psychédélique.

Yukiko lève le bout de son nez vers Juliette.

— Mère, avant que j'oublie... Madame Leclerc est entrée ici en votre absence.

Assise sur son carton Juliette regarde sa fille, émerveillée.

— La porte a sonné, reprend Yukiko, j'ai demandé qui c'était, elle a répondu *C'est la propriétaire*, j'ai dit *Repassez plus tard*, elle a dit *Non je ne repasserai pas*, elle a frappé à la porte de plus en plus fort, et puis elle a sorti des clés et elle a ouvert la porte.

Juliette boit à même le goulot de sa petite bouteille. Yukiko abandonne ses femmes de papier pour prendre place à côté de sa mère.

— Vous savez, Mère, Laetitia a été très polie avec madame Leclerc. Elle lui a raconté les aventures de sa tétine.

Vous demandez à Yukiko ce que voulait Mme Leclerc.

— La litière de son chat.

— Madame Leclerc est folle, vous explique Juliette, le plus calmement du monde.

Yukiko semble absorbée par une profonde réflexion.

— On voit des choses si étranges, dit-elle. Cet adolescent qui a été assassiné à coups de hache parce qu'il avait refusé une cigarette à un passant. Et le forcené qui a tué le fils de Samir avec sa batte de base-ball. Mère, madame Leclerc est comme eux. Vous ne mettriez pas la vie de vos filles en danger. Vous nous aimez, n'est-ce pas ?

— Je n'aime que vous.

C'est bien ce que vous pensiez : elle ne vous aime pas. Quelque chose bouge sous la fenêtre. C'est un cafard, mourant.

Il est couché sur le dos, ses pattes s'agitent. C'est fou comme la vie peine à s'échapper d'une carcasse misérable. Vous vous apprêtez à le jeter à la poubelle, mais Yukiko s'y oppose.

— On n'enterre pas les gens vivants, même quand ils sont des insectes.

Elle lui offre l'intimité d'une feuille de papier. Posée sur lui, elle frétille sous l'impulsion de ses ultimes soubresauts. Les gesticulations du cafard vous hypnotisent. Juliette, qui déglutit bruyamment son rhum blanc. Laetitia, couchée sur le ventre à dessiner. Yukiko, assise à côté de sa mère.

— Mère, dit-elle soudain, à propos de votre contrôleur fiscal... Ce type est un con... mais pourquoi ne pas faire un faux, une lettre comme quoi il vous autorise à signer le bail à sa place ?

Juliette s'étouffe et vous vous étranglez.

— Yuki...

— Ne m'appelez pas Yuki, Mère. Est-ce que moi je vous appelle maman ?

Laetitia grimpe sur les genoux de sa mère, pour s'allaiter. Yukiko l'embrasse du bout de sa lèvre inférieure.

Vous les regardez toutes les trois. Quelque chose vous manque quand vous voyez Yukiko et sa petite sœur endormie sur les genoux de sa mère.

— Qu'est-ce que tu as ? vous demande Juliette.

Rien. Certaines portes ouvertes pour elle se sont refermées sur votre nez, à jamais.

— Et si tu te donnais la peine d'en chercher les clés ?

Elle ne sait pas de quoi elle parle.

— Je crois que si.

Vous vous sentez rougir, vos joues vous brûlent, Juliette lit derrière vos joues, elle lit dans votre sang.

— Luc est mort, Claire… Mais toi… Il paraît que ça se soigne le VIH avant qu'on tombe malade, non ?

Votre estomac se noue. Juliette vous sourit.

— Tu l'as dit à Benoît. Tu l'as confié à Léon. Quand m'en parleras-tu, à moi ?

Ses yeux brillent.

— Tu n'es pas une merde, Claire. Tu t'en sortiras. Toi, tu t'en sortiras.

Sous la fenêtre, la feuille blanche ne bouge plus.

Le cafard a exhalé ses derniers soupirs.

REFLEURIS, ARBRE STÉRILE

Les mois ont passé, Juliette, pour faire une année.

Je suis nue sous la robe bleue dont tu m'avais parlé. Je ne suis pas le comédien que Josiane espérait. La salle est petite, mais comble, Véronique est là pour entendre ta voix dans la mienne. Moussa est là lui aussi.

Le sexe de Moussa a quelque chose de pénétrant.

Ce sont des moments doux et féroces à la fois, pleins de sucre et sans édulcorant, et qui se corsent souvent, avec ce qu'il faut de sel quand même, et d'épices surtout, car j'aime le poivre et il supporte le piment.

Mais tu vois, je n'aurais jamais cru être ici et que tu n'y sois pas.

Il y a eu les diarrhées, mon ventre qui s'arrondissait de graisses, le virus qui me coupait l'appétit, du gras jusque dans le cou. Et il y a eu Moussa. Et maintenant je sais que le temps n'est qu'une apparence, l'éternité est immédiate, l'infini sans médiation. La mort n'existe pas, Juliette, le temps non plus.

Au début, Moussa s'inquiétait de nos préservatifs qui claquaient, que j'oubliais toujours. Je gardais le secret de la maladie, il devenait lourd à porter, comme du temps lourd qui ne voulait pas mourir.

Les préservatifs oubliés le terrassaient, il avait si peur de me contaminer, avec son sperme, avec son sang, avec sa langue, avec ses doigts, avec ses yeux. Il ne savait pas. À quoi bon lui dire ce que j'ai, je pensais, ce que j'ai il le connaît déjà même si nos symptômes diffèrent, comme nos effets secondaires.

Il redoutait mes germes seulement, qui pouvaient lui être fatals.

Personne n'est à l'abri d'une mycose génitale, surtout pas nous, mais je ne l'envisageais pas car je ne mourrais plus.

Pourtant, il a bien fallu tout dire à Moussa car l'impensable est arrivé.

J'attends un fils, Juliette. Il a toutes les chances de bien se porter. Et Moussa ne m'en a pas voulu. De rien.

Je n'aurais jamais cru être mère encore et que tu ne le saches pas.

Tu as su jouer la célibataire distinguée arrivant de l'étranger, la mère divorcée exemplaire avec ses enfants, l'écrivain professionnel redresseur de torts, le stratège romain doublé d'un guerrier zoulou.

Tu aurais dû savoir te réveiller.

S'endormir à ce point, Juliette, je n'en reviens pas.

Même sur la tombe de Luc, même au milieu de l'été, je n'en reviendrai jamais, je t'en voudrai toujours, il suffisait de te réveiller.

J'aurais fini par te le dire, ce secret.

Je porte la robe bleue dont tu t'amusais. Je ne suis pas la comédienne qu'ils espéraient. Mais des projecteurs me regardent. Je te donne ma voix.

* * *

« Ayant chanté tout l'été, je me trouvai fort dépourvue quand la tempête fut venue. Pas un seul petit morceau de mouche ou de vermisseau. J'allai crier famine chez la fourmi ma voisine, la priant de me prêter quelque grain pour subsister jusqu'à la saison nouvelle.

— Je suis sans travail, lui dis-je, et je viens de perdre mon logement, foi d'animal. Aidez-moi, jolie fourmi, car vous êtes assistante sociale n'est-ce pas ?

La fourmi n'est pas prêteuse, et elle est séropositive, c'est là son moindre défaut.

— Vous êtes sans abri ? De quoi vous plaignez-vous. Vous avez la santé.

— Au train où vont les choses, je l'aurai bientôt perdue…

Sans doute, me dit la fourmi, mais en attendant, il y avait pire que moi et plus urgent, elle me l'assurait et je voulais bien la croire.

— Certes, il y a pire madame, les morts par exemple, foi d'animal. Ceux qui ont une sépulture ont bien de la chance, parce qu'il y a pire qu'eux. Les cadavres qui pourrissent sur pied. Et il y a pire encore voyez-vous.

— Pardonnez-moi de vous interrompre mais… Que faisiez-vous au temps chaud ?

— Nuit et jour je chantais dans le métro, ne vous déplaise.

— Vous chantiez ? J'en suis fort aise. Eh bien… dansez maintenant.

En partant, je m'excusai de l'avoir dérangée. J'avais honte. Je lui promis de faire des efforts pour m'alcooliser jusqu'à la cirrhose. Alors peut-être pourrait-elle m'assister ? Pour l'heure, elle me recommanda d'aller danser chez le corbeau, du côté de l'office public d'aménagement et de construction sociale.

Maître corbeau, sur un arbre perché, tenait en son bec un bail à loyer. Par l'odeur alléchée, je lui tins à peu près ce langage.

— Et bonjour Monsieur du Grandet. Que vous êtes joli ! Que vous me semblez beau ! Sans mentir, si votre ramage se rapporte à votre plumage, vous êtes le phénix des hôtes de ces bois.

À ces mots le corbeau fit grise mine.

— Hélas ma bonne dame, ces bois sont mal fréquentés... Une vraie jungle où les prédateurs font la loi. J'aimerais ouvrir le bec pour laisser tomber ma proie mais les consignes sont strictes. Ma bonne dame, des règles silencieuses m'interdisent de vous louer cet appartement. J'ai peur de mon supérieur. Nous avons tous peur de nos prédateurs. Ils nous obligent à des résultats sous peine de nous dévorer. J'entends votre plainte. Votre visage est un livre ouvert sur votre douleur. Mais je n'ai pas le temps de le lire. Allez-vous-en s'il vous plaît. Et de grâce, si vous avez dans l'idée de mourir, faites-le loin de moi et proprement je vous prie. Bon courage ! Et bon vent !

Honteuse et confuse, je m'en allai, jurant, mais un peu tard, qu'on ne m'y prendrait plus.

Par un petit matin glacé, je pataugeais dans un bourbier de paperasse à remplir au stylo noir. Je me demandais quel pouvait être le but de ces procédures hormis celui de m'accompagner vers la folie. C'est alors qu'une âme charitable me prit la main droite.

— Tu es pauvre ? Je t'apprendrai à le rester.

Elle pratiquait l'art d'accommoder les restes, les rebuts de la société. Débordante d'enthousiasme elle me raconta comment elle avait fait prononcer ses vœux de polygamie au Préfet. Elle l'avait uni à Nestlé, Fleury-Michon, Accord et quelques autres dans l'unique but d'assurer mon éducation alimentaire. Des œufs au nid, du gratin au poisson sans poisson et toutes sortes de mets à moins d'un euro constitueraient désormais la base de mon alimentation. Elle me dispensa également des conseils hygiéniques.

— Tu n'oublieras pas de te laver les mains avant de manger et de te tenir correctement à table.

J'appris aussi qu'un grand couturier acceptait de me prêter des vêtements de sa griffe, pour d'hypothétiques entretiens d'embauche, et qu'un repas me serait offert gracieusement dans un grand hôtel pour me récompenser, en cas de conduite honorable. Et elle envisagea aussi un stage de gestion de mon budget.

— Quand on vit avec moins de 10 euros par jour, dit-elle, il faut apprendre à économiser.

Je l'écoutai en silence, étonnée qu'elle me parle comme à un enfant de huit ans sans me demander mon avis. La pauvreté m'avait changée en une espèce d'animal domestique qu'elle se plaisait à dresser. J'étais son cobaye. Elle me déconseilla aussi d'aller voir les fourmis séropositives.

— Les assistantes sociales sont une plaie pour la société. Elles coûtent un argent fou pour un rendement dérisoire. Et l'insertion par l'emploi coûte si cher. Plus chère encore l'insertion par le logement. Il est temps d'insérer par les œufs au nid.

Je me soumis au plan alimentation insertion. Je préparai mes œufs au nid avec du lait Nestlé et mon sandwich au poulet avec de la volaille Fleury-Michon. Et je chantai leurs louanges. Et je demeurai pauvre et invisible dans la société qui travaillait et consommait. Et la conscience de mes bienfaiteurs s'apaisait en même temps que s'anoblissait leur image.

Je dérivai sur le grand océan du désespoir, résignée au naufrage, me nourrissant de flan aux courgettes pas cher et bon pour la santé. Autour de moi, des millions de cigales stridulaient « à l'aide ! ». Lui, sa femme tuberculeuse et leur enfant dans ce dix-sept mètres carrés saturé de plomb. Elle qui se fabriquait un cancer. Lui qui devait travailler gratuitement parce qu'il était handicapé. Ils criaient aussi fort que moi. On nous répondait « le poisson en conserve est bon pour la santé » ou encore « l'eau est la seule boisson indispensable ». En effet, nous buvions la tasse et l'eau était salée. Parfois, des secouristes voguaient jusqu'à nous et nous jetaient un bout de papier depuis leur zodiac : sur celui-ci, un député écrivait à l'un de nous « votre dossier va être examiné attentivement ». Deux mois plus tard, un autre transmettait bien volontiers la doléance aux services municipaux concernés. Trois semaines après, la cigale en question avait définitivement sombré dans l'océan du désespoir. Pourtant un nouvel élu lui garantissait par écrit que son dossier ferait l'objet d'un examen attentif. En septembre, alors que le cadavre de notre cigale refroidissait au fond des eaux, le Président de la République rappelait sa situation au Préfet. Lequel Préfet écrivait à la morte pour lui garantir que son dossier ne serait pas perdu de vue. Entre-temps, les restes de notre cigale avaient été dévorés par des bactéries nécrophages. Six mois plus tard, un Maire lui jetait à nouveau un papier dans l'océan, lui affirmant qu'il comprenait son inquiétude. Ignorant qu'elle était digérée, déféquée et recyclée, il lui exprima par écrit ses sentiments les meilleurs, sa haute considération et ses hommages respectueux, lui promettant qu'un jour, sa situation serait résolue.

Beaucoup sombraient dans l'océan, après des mois, voire des années d'agonie sous les yeux de secouristes sourds, aveugles mais bien élevés. Ils ne se jetaient jamais à l'eau sous prétexte qu'elle était trop froide.

Quant à moi, j'étais frappée d'éclairs brûlants de lucidité : tu auras beau appeler au secours, petite cigale, ton cri se noie dans le bruit d'une souffrance infinie que personne ne veut entendre.

Démon femelle 27
Encore de la mousse, je vous prie 47
L'amertume du cacao tanzanien 61
Éjections précoces 83
Avortons de l'espèce humaine 99
Cueillez-moi jolis Messieurs... 127
La cigale SDF et la fourmi séropo 151
Tripes à l'anglaise 167
Le beau Léon 181
Le bel Olivier 193
De beaux draps 209
Trampoline 223
Le vent souffle dans les cerisiers japonais... 247
... flocons de fleurs s'envolent... 259
... fleurs tardives, éphémères, retombent... 273
Refleuris, arbre stérile 285

DANS LA MÊME COLLECTION

José Eduardo AGUALUSA
La saison des fous

Kangni ALEM
Un rêve d'Albatros

Théo ANANISSOH
Lisahohé
Un reptile par habitant

Nathacha APPANAH
Les rochers de Poudre d'Or
Blue Bay Palace
La noce d'Anna

Pascal BÉJANNIN
Mammo

BESSORA
Cueillez-moi jolis Messieurs...

Mongo BETI
Le Rebelle 1

Ananda DEVI
Pagli
Soupir
Le long désir
La vie de Joséphin le fou

Aly DIALLO
La révolte du Kòmò

Ousmane DIARRA
Vieux Lézard

Eugène ÉBODÉ
La transmission

La divine colère
Silikani

EDEM
Port Mélo

Gaston-Paul EFFA
Le cri que tu pousses ne réveillera personne

Libar M. FOFANA
Le fils de l'arbre
N'körö

Mambou Aimée GNALI
Bèto na Bèto. Le poids de la tribu

Emmanuel GOUJON
Depuis le 11 septembre

Sylvie KANDÉ
Lagon, lagunes

Fabienne KANOR
D'eaux douces
Humus

Koffi KWAHULÉ
Babyface

Henri LOPES
Ma grand-mère bantoue et mes ancêtres les Gaulois

Justine MINTSA
Histoire d'Awu

Boniface MONGO-MBOUSSA
Désir d'Afrique
L'indocilité Supplément au Désir d'Afrique

Scholastique MUKASONGA
Inyenzi ou les Cafards

Tidiane N'DIAYE
Les Falachas, Nègres errants du peuple juif

Donato NDONGO
Les ténèbres de ta mémoire

Patrice NGANANG
L'invention du beau regard

Arnold SÈNOU
Ainsi va l'hattéria

Amal SEWTOHUL
Histoire d'Ashok et d'autres personnages de moindre importance

Sami TCHAK
Place des Fêtes
Hermina
La fête des masques

Amos TUTUOLA
L'ivrogne dans la brousse

Abdourahman A. WABERI
Rift Routes Rails
Transit

Composition Interligne.
Achevé d'imprimer
sur Roto-Page
par l'Imprimerie Floch
à Mayenne, le 4 décembre 2006.
Dépôt légal : décembre 2006.
Numéro d'imprimeur : 67100.

ISBN 978-2-07-078296-3 / Imprimé en France.

148105